SAN

ALLEZ DONC FAIRE ÇA PLUS LOIN

Espèce de roman

FLEUVE NOIR

ISBN 2-265-00001-9
ISSN : 0768-1658

A Dominique et Christian Cambuzat, les magiciens du Mont-Pèlerin, qui m'écoutent maigrir.
Affectueusement,

SAN-ANTONIO

« La gaîté est un arbre exotique
importé d'Extrême-Occident. »

Louis SCUTENAIRE

CHAPITRE PREMIER

OBSTRUER : *boucher par un obstacle.*

Condor-miro (dit Croupion-d'aigle, dit Œil-de-vrai-faucon, dit Busard-Busard, dit Caméléon-fourbu, dit Crâne-d'œuf, dit Calamitas-zob, dit Rat-pété, dit Cul-de-crapaud, dit Cul-rare, dit Mou-du-paf, dit Nœud-coulant, dit Bite-mâchée, dit Plume-occulte, dit Taureau-castré, dit Calumet-de-l'happé, dit Tomahawk-ébréché, dit Vautour-de-con, dit Con-coyote, dit Lézard-bidon, dit Paf-scalpé, dit Chibre-flasque, dit Castor-sans-queue, dit N'en-a-qu'une, dit Morpion-hirsute, dit Fils-de-pute, dit Frère-de-pute, dit Père-de-pute, dit Bourre-moi-le-mou, dit Pue-duc, dit Coursier-de-plomb, dit Calvitie-hug, dit Bec-dans-l'eau, dit Capote-trouée, dit Flèche-sans-dard, dit Repousse-du-goulot, dit Poils-collés, dit Tronche-de-cake, dit Bubon-crevé, dit Burnes-flapies, dit Glave-sanguinolent, dit Prostate-pelée, dit Oignon-éclaté, dit Pisse-toi-dessus, dit Braguette-de-sourcier, dit Pied-de-nez, dit Père-laconique, dit Bourses-réduites, dit Fouette-pinceaux, dit Señor-purulent, dit Pur-sang-de-navet, dit Branlette-cuisante, dit Toucan-toucon, dit Chaude-piste-chronique, dit Vérole-en-chantier, dit Jérominette, dit Docteur-Jivaros, dit Merde-en-branche, dit Foutre-fluide, dit Visage-boucané, dit Muscleporeux, dit Chibre-pantelant, dit Morve-d'argent, dit Oublie-nous-pendant-que-tu-y-penses) sortit de sa tante. Il la baisait tous les matins pour se réchauffer. La vieillarde (elle approchait le siècle, mais aucun état civil ne pouvait témoigner du fait et cette appréciation comportait une marge d'erreur d'une ou deux décades) ne s'apercevait même pas de cette étreinte. Elle s'était cogné tant de bites au cours de son interminable existence, que son cul était devenu flasque comme un sac tyrolien vide.

Condor-miro vivait dans une hutte de branchages en compagnie de la pseudo-centenaire qui s'appelait Chandelle-soufflée, et de sa quatrième épouse, Cul-démoli, laquelle était devenue inapte à l'amour depuis qu'au cours d'une baignade dans le lac Flagada, un silure carnivore lui avait bouffé la chatte comme l'aurait fait un crocodile. Une quatrième personne partageait son rudimentaire logis : Tringlée-de-printemps, sa onzième et dernière fille qui n'avait pas encore trouvé d'époux bien qu'elle fût déjà âgée de huit ans (peut-être que le pied bot, le bec-de-lièvre et l'eczéma dont elle se trouvait affligée déconcertaient les mâles de la forêt amazonienne ?).

Il sonda le ciel marbré de l'aube comme pour y lire des présages. Pendant qu'il urinait contre le tronc d'un palmier plantigrade, il fut alerté par une odeur de brûlé. Le feu restait un des fléaux endémiques de l'immense Amazonie. Il arrivait qu'il se déclenchât parfois et que, bouté par un vent de la cordillère, il anéantisse des hectares de cette formidable forêt, poumon de la planète.

Alors, il lui revint à l'esprit un incident qui avait perturbé son sommeil et qu'il avait pris pour un cauchemar. Au début de la nuit, Condor-miro avait cru percevoir un ronronnement dans l'épaisseur du ciel, là où les ténèbres se font plus fluides. Puis, il s'était produit une espèce de coup de tonnerre, suivi d'un vaste silence infini. D'un naturel tranquille, Condormiro s'était enveloppé plus serré dans l'espèce de poncho lui servant de couverture. Mais comme malgré tout il avait toujours froid, il avait arraché celui de sa femme et un bien-être bourgeois l'avait alors reconduit au sommeil.

Il avait oublié l'incident en dormant, mais l'odeur de brûlé que lui amenait la brise du matin le lui rappela. Lorsqu'il eut vidé sa vessie, il se mit à escalader les branches d'un fromager géant. Un écrivain con te préciserait qu'il était souple comme un singe; en fait, son arthrose de la hanche le gênait et il grimpait laborieusement, ayant la jambe droite à la traîne. Par contre, la vie en forêt lui avait conservé un souffle de marathonien.

Quand il atteignit le faîte de l'arbre, il se mit à contempler la mer végétale qui s'étendait à l'infini. Condor-miro ne tarda pas à découvrir l'incendie vers l'est. Sa grosse lueur naissait d'un brasier générateur d'une fumée noire qui fit espérer à Condormiro qu'il ne se propagerait pas, à cause de l'humidité.

Il ferma son mauvais œil (auquel il devait la seconde partie de son nom) pour accroître la vision du bon. L'Indien sursauta en découvrant, dans les lointaines frondaisons, une immense chose argentée qui ressemblait à la nageoire dorsale d'un poisson. Il éprouva une vive perplexité, mais rien n'apaisant sa curiosité, il décida de se rendre sur les lieux du sinistre.

Tringlée-de-printemps l'accompagna à toutes fins utiles. Elle disposait de la souplesse que l'âge avait retirée à son père et se montrait pleine d'ingéniosité. A la chasse, elle était d'une adresse diabolique. Le tir à l'arc faisait de Tringlée-de-printemps une Diane émérite : mammifères, oiseaux, poissons même, se laissaient embrocher par la sauvageonne. Grâce à elle, la table de Condor-miro était l'une des meilleures de ce coin d'Amazonie.

Ils se munirent d'une bouteille de thé sauvage froid, de quelques côtelettes de sanglier noir et de deux haches au tranchant dûment aiguisé. Puis Condor-miro ayant soigneusement pris ses repères, le père et la fillette se mirent en route.

Condor-miro appartenait à la tribu décimée des Pènàjouir, composée d'arboricoles que les pionniers défricheurs avaient pris un certain plaisir à massacrer. Les rescapés avaient fui dans les insondables profondeurs sylvestres. Des semaines de marche en une région inextricable les avaient mis hors de portée de la cruelle civilisation. Peu nombreux (quelques centaines en tout), ils s'étaient dispersés en clans, voire en foyers, ne se retrouvant que pour s'accoupler ou pour réclamer, en groupe, des protections à des dieux qualifiés. Cela dit, le génocide enduré leur avait ôté tout tempérament belliqueux et ils se toléraient sans se chercher trop de noises lorsqu'il leur arrivait d'empiéter sur le territoire de chasse du voisin.

Condor-miro et sa petite dernière marchèrent durant trois heures. L'odeur de l'incendie devenait de plus en plus âcre et présente. A un certain moment, ils marquèrent une halte afin de se restaurer. Avant de reprendre leur cheminement, Tringlée-de-printemps escalada un arbre à son tour. De son *look-out*, elle cria qu'ils arrivaient.

Effectivement, une dernière heure de déplacement épuisant (il fallait couper des lianes et des branches à chaque pas) les amena à l'orée de la vaste clairière pratiquée par le feu.

Il était arrivé à Condor-miro d'apercevoir des *jets* scintillants dans les nues brésiliennes. Sans connaître grand-chose de l'aviation, le digne Indien n'ignorait pas que des machines fuselées traversaient l'espace avec des êtres humains à leur bord ; mais cette information qui, pour lui, relevait de la science-fiction, le laissait indifférent. Homme de la forêt, il ne s'intéressait pas à ce qui se passait au-dessus des arbres, le soleil excepté.

Pourtant, les débris du Boeing 747 dispersés alentour les impressionnèrent beaucoup, sa fille et lui. Dans un immense cratère aux bords noircis, la carlingue du *jet* continuait de brûler, dégageant d'horribles odeurs de plastique et de chair carbonisés. Ce qu'il avait aperçu depuis chez lui était une aile arrachée, plantée entre les troncs comme la culée d'un pont moderne.

Des débris humains, des bagages éventrés, des charpentes calcinées jonchaient le sol humide ou bien pendaient des arbres comme de macabres motifs pour sapin de Noël.

Tringlée-de-printemps oublia les reliefs humains pour collecter des nippes féminines dispersées par le crash. Alice au Pays des Merveilles ! Elle rassemblait à toute allure de la lingerie, des robes, des bustiers, avec des gloussements d'aise de naufrageur comblé.

Ce pillage rendait Condor-miro morose. Non qu'il fût animé de scrupules, mais ces choses tombées du ciel lui semblaient maléfiques et chargées de mauvais fluides.

Pendant que sa pie voleuse accumulait des hardes, il fit un tour complet de l'épave, enjambant des morceaux de cockpit. Il s'immobilisa devant une tête d'homme, sectionnée au ras du menton, et qui, étrangement, avait conservé sa casquette galonnée. Condor-miro hésita, mais la tentation fut trop forte : il retira la casquette de la tête et s'en coiffa.

Elle lui allait parfaitement.

Ils s'apprêtaient à rebrousser chemin, ployés par le poids de leur butin, lorsqu'ils perçurent un gémissement. La plainte provenait d'une zone inextricable faite de grosses lianes et de branchages enchevêtrés. Condor-miro dépêcha sa fillette dans un arbre-mirador et, bien vite, Tringlée-de-printemps annonça qu'une femme attachée à un fauteuil se trouvait suspendue dans un écheveau végétal.

– Comment est-elle? s'informa Condor-miro.

– Elle a l'air jeune, répondit l'adolescente en pènàjouir moderne.

Ce fut, très probablement, ce qui incita l'Indien à tenter un sauvetage.

CHAPITRE II

RAINETTE : *petite grenouille verte.*

Je t'ai dit? Maria, notre soubrette, a épousé un picador et elle est repartie dans ses Espagnes. A présent, elle habite Séville. Les dimanches, elle se met sur son trente et un et va regarder toréer son bonhomme dans les arènes andalouses. C'est le rôle ingrat de la corrida, picador. Quand le public voit le gros sac, sur son bourrin aveuglé et caparaçonné, enfoncer sa pique entre les épaules du taureau et que le sang gicle à gros bouillons, il se fait traiter de tout, le picador! Boucher! Cocu! Salaud! Et en espagnol, ce qui est beaucoup plus coloré! La Maria, je sais pas si elle vibre en entendant la populace hurler contre son mec? Peut-être que ça l'excite? Ou alors c'est le pic à Julot qui lui détrempe le slip, va-t'en savoir avec les gerces!

Toujours est-il qu'elle est sortie de notre vie, la grande velue! M'man a essayé une autre bonne : une Portugaise. Mais elle puait et faisait la gueule, qu'en général, pourtant, les Portugaises sont proprettes et souriantes; on ne l'a pas gardée. Maintenant, on cherche. Si t'entends causer d'une bonne travailleuse d'humeur égale, on est preneurs, à Saint-Cloud. Tant pis si elle suce mal, l'option est facultative.

Les amours ancillaires, ça dépanne, mais c'est pas l'avenir. D'ailleurs, quel amour peut être considéré comme étant « l'avenir », avec tout qui passe, lasse, casse et vieillit!

Pour lui soulager un peu le ménage, ma Féloche, je la sors au restau, le plus possible. Au début, elle regimbait, because les frais, et puis elle s'est laissé faire ce que les cons appellent « une douce violence » et je crois bien qu'elle y prend goût.

Comme elle raffole des fruits de mer, ce soir, je l'embarque chez *Marius et Jeanette*; la boîte de qualité, et de confiance. Chez eux, toutes les huîtres ont les yeux bleus. Le décor est de fête, le service agréable, les prix conformes.

Juste qu'on vient de s'installer à ma table élective (tout de suite à droite en entrant, le coin vitre), voilà Jean-Paul Belmondo qui se pointe, avec sa maman, lui aussi, et le yorkshire qui lui tient lieu de bras gauche. On se salue, plus un sourire complice biscotte cette franc-maçonnerie filiale qui nous unit. Deux durs qui aiment leurs vieilles mothers et qui les sortent, c'est attendrissant, non?

Six grosses belons et deux oursins pour m'man, six clams et six marennes pour ma pomme. Une friture mixte pour les deux, ensuite. Ils ont un meursault de première qui te descend l'escalier sur la rampe, je te dis que ça! On nous apporte, en lever de rideau, une fricassée de minuscules crevettes qui gigotaient dans une caissette cinq minutes plus tôt! Le décor évoque la pêche au gros : des filets, des cannes à lancer, des leurres de toutes tailles et de toutes couleurs, un espadon des mers lointaines naturalisé (français) d'un noir bleuté. Tout ça sur fond de boiseries vernies.

Félicie est à la fête. Depuis que Toinet est en pension du côté de Chartres, elle respire. Il devenait infernal, le gueux, ramenant sans cesse au logis des julots du genre frelaté, avec des tignasses pas possibles et des fringues d'épouvantails au chômedu! J'avais beau glapir, il n'en faisait qu'à sa tête, l'artiste. Son hérédité qu'en peut plus. Quand t'as pour vrais parents un couple criminel, faut t'attendre à des bavures. Son pensionnat est basé sur le sport. On les crève davantage dans la salle de gym que dans celle des maths. Équitation, tennis, natation. Le tout drivé par des moniteurs qui ont la mandale fastoche (c'est compris dans le prix de la pension).

Où l'orienterons-nous, l'Antoine bis, je me demande. M'man aussi se pose des angoisses à son sujet. Tu vois, mon sentiment profond, pas encore bien défini, est qu'il devrait essayer de faire carrière dans la gendarmerie ou les pompelards. Il y contracterait peut-être la vocation « corps d'élite ». Un pour tous, tous pour un! Quelque chose de paramilitaire (voire de para tout court). Les mecs qui ont du jus et la bougeotte, t'as pas le moindre espoir d'en faire des intellos ou tout simplement des sédentaires. Ils doivent se dépenser coûte que coûte pour libérer leur trop-plein.

Je regarde m'man équarrir sa belon, porter ce gros glaviot à sa bouche après l'avoir aspergé de vinaigre à l'échalote. Ses gestes sont doux et lents, mesurés. L'image de la sérénité. Elle savoure tout: ma présence, sa belon, l'ambiance « vacancière » de l'endroit. T'as envie de lui faire plaisir, ma vieille, parce qu'elle apprécie bien comme il faut. Elle t'en donne pour ta tendresse.

Je me fais un clam gros comme un balancier d'horloge, craquant à souhait, quand la jolie brune du vestiaire s'approche de notre table.

– On vous demande au téléphone, monsieur le commissaire.

Elle n'ignore pas que j'ai été nommé directeur, mais ne peut s'empêcher de me donner mon ancien titre, comme le font encore beaucoup de gens.

Je me sens un tantisoit feinté car personne ne sait que je dîne chez *Marius et Jeanette.*

– Tu m'excuses, ma poule?

Félicie me sourit indulgemment.

Dans la guitoune où se trouvent rassemblés les gogues, les lavabos et le turlu, le combiné m'attend, posé sur une pile d'annuaires.

– San-Antonio! m'annoncé-je brièvement avec un poil de sévérité dans l'intonation, le côté : quel est l'enculé à sec qui me fait une blague?

Une voix d'homme, basse et angoissée, murmure :

– Ils sont là, commissaire (tiens, lui aussi me refuse mon titre!)

– Qui êtes-vous?

Mais la voix fait foin de cette interrogation et poursuit :

– Ils sont en train d'ouvrir ma porte. Ils vont me tuer! Venez, vite, vite! Je vous en supplie.

– Où êtes-vous?

Je perçois un cri escamoté, puis une succession de petits chocs. L'appareil, lâché brusquement, se balance et heurte un obstacle. Indécis, j'émets quelques « Allô! » dérisoires, puis la communication est coupée. On a raccroché.

J'en fais autant. Tu connais la mère Plexe? Eh bien, je pourrais être son mari [1].

Voilà qui sent la farce à plein nez! Et pas celle du loup grillé!

Je hèle la ravissantissime brune préposée, exquise dans un tailleur de couleur pêche.

1. Le père Plexe, naturellement; celle-là est un peu tirée par les cheveux, mais je ne te la fais pas payer.

– Dites-moi, ma radieuse, depuis que je suis entré, personne n'a quitté le restaurant?

– Personne d'autre que les garçons qui vont chercher les fruits de mer à côté.

– Le type qui vient de m'appeler, il m'a réclamé de quelle façon?

Elle fronce son front délicat, ses sourcils se joignent une seconde.

– Essayez de vous rappeler très exactement ses paroles, la conjuré-je.

Elle opine. Ne demande qu'à m'être utile.

– Il avait une voix essoufflée. Il a dit, très vite: « Le commissaire San-Antonio est chez vous, appelez-le de toute urgence, je vous prie. »

– C'est tout?

– Il paraissait à ce point pressé que j'ai oublié de lui demander de la part de qui c'était.

Je la remercie d'un acquiescement et sors sur l'avenue George-V. La circulation commence à se calmer. Tout est tranquille, le jour meurt sans faire d'histoire. De l'autre côté de l'avenue, une file de taxis attend les clients. Je traverse; j'espère que maman ne me voit pas, elle serait inquiète. Un chauffeur de bahut, coude à la portière, croyant que je vais pénétrer dans sa fusée volante, me lance:

– La voiture de tête!

– Juste une question, lui dis-je en lui produisant ma brème. Vous n'avez rien vu ni entendu d'anormal, il y a un instant?

– Absolument rien. Pourquoi?

J'envoie le bouchon, non? Que pourrait-il avoir perçu, au volant de son sapin et dans le brouhaha ambiant?

– Pour rien, bats-je en retraite.

Mes huîtres vont refroidir. Docile, Félicie attend mon retour avec cette patience qu'a développée

Mme Rina Ketty durant plus d'un demi-siècle (le jour et la nuit).

– Rien de fâcheux? demande ma vieille chérie.

– Absolument rien!

Elle est menteuse, la grande San-Antoniette! J'ai le caberluche plein à craquer de ce coup de fil. J'avale mes mollusques comme des comprimés d'aspirine, sans m'en rendre compte que, s'ils contenaient des perles rares, je déféquerais demain une fortune sans le savoir! Maman déclare la petite friture sublime. On s'est laminé la boutanche de meursault. Je serais partant pour en violer une seconde, mais Félicie proteste que ce serait déraisonnable, alors on se commande une crème brûlée à la surface vitrifiée qu'on surenchérit avec deux badinguets [1].

« *Ils sont en train d'ouvrir ma porte. Ils vont me tuer.* »

Les deux courtes phrases sont montées sur boucle dans ma pensarde.

Pourquoi ce mystérieux correspondant ne s'est-il pas nommé? Il n'a rien répondu lorsque je lui ai demandé qui il était. Trop assailli par la peur? Ou bien il s'agit d'un parfait comédien, ou bien une épouvante indicible le traczirait!

Je réclame la douloureuse. Et tu sais quoi? Mon pote le Baulois, qui assume la direction de la crèche à cette heure, m'annonce que c'est réglé.

C'est la soirée des sortilèges ou quoi?

Mais je vois m'man qui pouffe.

– Ce soir, c'est moi qui t'invite! m'annonce-t-elle. J'ai touché ma pension ce matin, ça s'arrose!

Ça lui fait tellement plaisir que je n'ai pas le courage de protester.

1. Bien que je t'aie communiqué la recette du badinguet à moult reprises, je te la redonne ici : un tiers de marc de Bourgogne, deux tiers de crème de cassis, le tout servi glacé.

– Si je me laisse entretenir par ma maman, où allons-nous !

On rentre. La nuit est plus vaste que d'ordinaire ; tel le pavillon de la France, à Séville, la voûte céleste semble ne reposer sur rien. Je roule lentement dans mon bolide argenté. De nos jours, quand tu aimes ta voiture, tu dois te contenter de lui savoir une puissance disponible, en aucun cas tu ne peux lui lâcher le mors. Tu jouis seulement d'une giclette dans les dépassements. Vrouaff! Et puis calmos ! L'enfant sage ! Un jour, j'irai à Montlhéry me goinfrer de vitesse. Je dis ça, mais je ne le ferai jamais. C'est pas dans les piscines qu'on apprécie l'eau !

– Ce vin était exquis, m'avoue *my mother* ; j'ai toujours eu un faible pour le blanc.

Beaucoup de femmes, quand elles ne sont pas alcoolos.

Elle prend une cuillerée à soupe de bicarbonate de soude ; vieille recette d'après-bon-repas. Papa, quand il avait des lendemains maussades, s'en tapait dans du vin rouge. T'aurais vu la couleur ! Fallait du courage !

Elle monte se zoner.

– Tu ne viens pas, mon grand ?

– Je vais regarder le dernier journal sur la 2.

Bises, rebises. Les vieilles marches de bois craquent à peine sous son poids léger.

« *Ils sont en train d'ouvrir ma porte. Ils vont me tuer.* »

Évidemment que c'est une blague ! Celle d'un serveur facétieux, sans doute. Tu imagines, un type dont des tueurs ouvrent la porte et qui ne trouve rien de mieux que d'alerter, dans un restaurant, le chef de la Police ? D'abord, comment aurait-il su, cet homme angoissé, que je me sustentais chez *Marius et Jeanette*? S'il se trouvait en péril, c'était Police-Secours qu'il devait alerter!

Maman trotte menu, là-haut. Sa petite agitation du soir. Les portes de sa grosse garde-robe de noyer qui grincent. Chère Félicie *for ever*!

A la téloche, un couple lave son linge sale devant dix millions de spectateurs s'enfoutistes. Un gros gentil qui semble compatir leur fait bien raconter l'à quel point ils se haïssent, méprisent, cognent sur la gueule. Plus de baise depuis lurette! Elle lui fait du brochet à tous les repas et cache ses lunettes pour qu'il échappe pas aux arêtes; lui, il se branle dans le pot de yaourt de sa mégère quand elle fait un régime. Ils pernicent de tous les bords, ces deux vilains. Qu'on peut plus croire à leurs amours passées. Ne subsiste que l'horrible : les pets, les Tampax, les aigreurs, les invectives. Ça se déteste, un couple, tu sais, quand la mayonnaise n'a pas pris.

Je zappe. Tombe sur les tambours du Bronx. Sympa, mais ils vont empêcher ma Féloche de s'endormir. Zappe *again*. Une rémoulade ricaine. Deux amants qui se la roucoulent belle, contrepoint à la première chaîne visitée. Là, tout baigne en technicolor! Je t'aime sous les palétuviers roses! Bisous à filaments! Elle porte une jupe fendue, cette salope!

Dernière tentative : le baveux. Une jolie gonzesse qui doit faire des pipes de *first quality*, raconte comme quoi le Premier ministre est allé premierministérer chez les agriculteurs du Sahara, leur porter le message de la France et le bonjour d'Alfred. Et qu'ensuite, on voit un C.R.S. et un petit beur jouer au baby-foot dans un troquet de banlieue, comme quoi, article pommier : les hommes sont faits pour s'entendre quand ils ne se tuent pas.

Je coupe! L'écran redevient d'un blanc laiteux, comme le cul de la reine d'Angleterre.

Pas sommeil. Ça doit venir du meursault, le soir. Une force indécise me souffle des projets vagabonds. Tu crois que j'ai envie de baiser? Que je devrais aller tirer une de mes petites frangines en stock? Un simple coup de grelot à donner. Mais « après » faudra m'attarder, mignarder pour ne pas passer pour un butor sabreur. Faire des guilis, voire des guilous sur la nuque ou au coin de la chatte.

Je remets mon veston, passe par le vestiaire des invités pour me donner un coup de brosse dans les cheveux. Mon revers sent encore la frigousse. Ça et la fumée, y a rien de plus tenace.

Vingt minutes plus tard, je stoppe avenue George-V. C'est l'heure où tu peux garer. Y a encore de la lumière chez *Marius et Jeanette*, mais plus de clients. L'instant du balai et de la comptée! Je me place devant la grande vitre, presque à l'endroit que j'occupais. Un gazier d'au-delà de la Méditerranée frotte le sol du restau avec application. Un ultime cuistot se fait la paire en tirant sur la fermeture Éclair de son blouson râpé. Fin des sortilèges! Adieu Saint-Jacques poêlées, béarnaises, bars flambés!

Je me retourne pour mater l'avenue. Une double rangée de platanes isole le restau des immeubles qui lui font face jusqu'au niveau du quatrième étage. Est-ce qu'à partir des cinq et sixième, il est possible de distinguer les clients du restaurant assis près de la baie? Pas fastoche, car il y a une terrasse avec une haie de troènes ou de je ne sais quoi.

Voilà que le fin limier qu'*I am* se pique au jeu. Je me détronche jusqu'au torticolis pour déterminer s'il existe une fenêtre, en face, qui soit en prise directe avec Marius et la chère Jeanette.

Eh bien oui, il y en a une, figure-toi. Pas deux : une seule! Au cinquième. Elle bénéficie d'une trouée dans les frondaisons, consécutive à l'élagage d'une grosse branche pourrie.

La fenêtre en question est noire, pourtant, je crois déceler dans l'un des carreaux un petit reflet rouge comme en produit le voyant d'un téléviseur sous tension.

Ce point, couleur rubis, devient pour moi l'étoile de la crèche.

Je traverse l'avenue.

CHAPITRE III

MASCARON : *figure grotesque employée en décoration.*

Au cinquième étage, deux portes se proposent à mon intrépidité. Gauche, droite. Laquelle choisir? Je tente de me représenter la topographie des appartements qu'elles défendent. Lequel possède la fenêtre au point lumineux?

J'opte pour la gauche et je sonne par mesure de sécurité, des fois qu'il y aurait quelqu'un... Je patiente deux minutes et sonne derechef. Juste que je sors mon sésame de ma vague, un bruit de serrure actionnée me dissuade d'achever mon geste. Fectivement, la lourde s'écarte et un gazier en pyjama, mais qui reste « cadre supérieur » dans son accoutrement nocturne, paraît, la tignasse à la Laurel, les châsses en feux de panne, un bout de bite rouge lisible par l'échancrure de « sa jambe de pyjama », comme dit toujours ma Félicie. Derrière lui, à deux mètres, surgit une jolie femme adultère, blond cendré, dans un déshabillé, qui transforme illico ma bite en portemanteau [1].

Pour dissiper les craintes que ma visite un temps

1. Quel bonheur de pouvoir écrire sans vergogne des trucs comme ça. Te te rends compte que des gens comme Michel Tournier, Jean d'Ormesson, Michel Druon, bien d'autres, ne pourront jamais se le permettre?

pestive leur provoque, j'empresse de montrer ma carte et de les apaiser (la dame, surtout, j'aimerais l'apaiser, en levrette de préférence).

– Navré de vous réveiller, dis-je. Nous sommes à la poursuite d'un malfaiteur qui serait entré dans votre immeuble, vous n'avez rien entendu de suce pet?

Ils dénèguent. La petite jolie est plus rapide à revenir des limbes que son matou. Déjà elle arrange ses cheveux et croise son déshabillé sur sa gorge, la conne!

Je lui balance le regard du siècle à travers lequel je lui prends rendez-vous pour demain après-midi, seize heures, au *Fouquet's* qui est à deux pas.

Les époux me répondent qu'ils n'ont rien entendu.

– Allez vérifier que vos fenêtres sont bien fermées, enjoins-je au cadre supérieur.

Il y va. J'en profite pour confirmer oralement le rancard visuel que je viens de prendre avec la jeune femme. Le temps nous talonnant, elle n'a pas celui de me jouer l'air de « l'effaroucherie » : « Comme vous y allez! », « Pour qui me prenez-vous? » et autres conneries du genre que se croit obligée de débiter une dame « chargée » cosaque. Prise par le temps, elle n'a droit qu'à deux réponses : oui, ou non. Et comme c'est une sensuelle qui lit leur paf dans les prunelles des hommes, en l'occurrence j'ai droit à la première réponse.

Seigneur! comme la vie que Tu nous as accordée est confortable quand nous osons nous libérer du conformisme, ce fléau!

Le couple se verrouille à quadruple tour (ils ont un loquet assermenté), et la minuterie s'éteint. J'en profite pour uriner dans le porte-pébroques du palier (le meursault, je te dis!). N'ensuite, je carillonne à la porte de droite. Cette fois, onc ne me répond. La plaque de cuivre fixée sur l'un des panneaux annonce « Casimir Lemercier »[1]. Nom de bon aloi, au demeurant. Comme ci-devant, j'insiste. *Nobody*! Mon instrument familier est un outil de précision entre mes doigts de maestro. Le jour où un malfrat de génie me l'a offert pour me remercier de lui avoir arrangé des bidons vachement cabossés, il a résolu pour moi bien des tracas en puissance!

A peine pénétré-je dans l'appartement que je renifle une odeur de sang ou assimilé. Je traverse une entrée où sont exposés, sur des consoles, des vases chinois qui flanqueraient la migraine à un mandarin et à sa mandarine. En sus, on a droit à un bouddha dont la frime ne me revient pas : le genre adipeux-lisse, à l'œil enfoncé comme un escarguinche cuit au fond de sa coquille.

La double porte vitrée du salon est grande toute verte (comme dit Bérurier).

La clarté de l'avenue suffit pour qu'on se repère. Il y a également le voyant rouge d'un poste de télé dont la lueur s'aperçoit depuis le trottoir d'en face.

Ces maigres sources de lumière me suffisent à distinguer un corps d'homme allongé sur le tapis, la face en avant.

Marrant! Cette scène n'est pas une découverte pour moi. Mon subconscient l'avait déjà détectée et c'est ce qui m'a amené en ce lieu, parole d'homme!

J'empare mon stylo-torche au rayon étroit mais intense et promène son faisceau sur le type. Il a été étranglé à l'aide d'un fil d'acier très mince qui a profondément pénétré dans sa chair, au point de lui sectionner la carotide et le larynx. Supplice du garrot, comme cela se pratiquait en Espagne il n'y a pas si

1. *Achtung!* Si d'autres mecs s'appellent Casimir Lemercier, qu'ils viennent pas me faire chier en m'intentant un procès en je ne sais quoi. Je ne les connais pas et souhaite ne jamais les connaître! Compris?

longtemps. On a noué le fil au corgnolon de la victime, après quoi on a glissé sous le fil une cheville de fortune (en l'occurrence un crayon), puis on a tourné le crayon dans le sens des aiguilles d'une montre jusqu'à ce que mort s'ensuive.

Cette première constatation établie, je passe à un examen plus général de l'endroit. Il en résulte les découvertes ci-après : l'homme se tenait assis à califourchon sur une chaise, devant la fenêtre. Un trou rond, d'un diamètre de dix centimètres a été découpé dans l'un des carreaux de ladite pour permettre de brancher le tuyau à soufflet d'un climatiseur portable, dont le tuyau a été débranché. Devant la chaise, appuyé dans l'encoignure de la croisée, se trouve un fusil à lunette. Sur le sol, toujours près de la chaise, un poste téléphonique pourvu d'un très long fil (ce qui permet de le déplacer partout dans le salon), voisine avec un annuaire condensé de Paris ouvert à la lettre « R », comme restaurant. Accrochée par sa dragonne au dossier de la chaise, une paire de jumelles.

Je m'empare du fusil en le tenant à travers mon mouchoir et l'examine. C'est une arme de professionnel dont le magasin contient quatre balles au bout scié en croix, ce qui provoque des dégâts irréparables dans la viande, qu'elle soit d'homme ou de fauve.

Ces objets aussi inanimés que le mort sont éloquents et il m'est aisé de reconstituer la scène. L'homme est un tueur qui était chargé d'abattre quelqu'un depuis cette fenêtre. Quelqu'un devant se rendre au restaurant d'en face (ou en sortir). Il me connaît et m'aperçoit. Je ne pense pas être sa victime désignée car PERSONNE ne pouvait savoir que j'allais dîner chez *Marius et Jeanette*, vu que nous l'avons décidé au dernier moment, Félicie et moi.

Deux choses absolument contradictoires dans cette histoire : primo, le gars de l'appartement *s'apprêtait* à tuer; secundo, *on est venu* le tuer. Il l'a tout de suite compris. Il disposait d'une arme hautement performante, mais au lieu de s'en servir pour se protéger, il m'appelle au téléphone. Ses meurtriers entrent et l'étranglent sans qu'il ait utilisé le flingue. Tu trouves ça logique, toi?

Quand je réponds à son appel, que me dit cet être traqué? *« Ils sont là, commissaire. »* Comme si je pouvais comprendre quoi que ce soit à son cri de détresse. *« ILS » sont là.* Quels *« ILS »*?

Je lui demande alors qui il est, et au lieu de me le dire, il ajoute :

« Ils sont en train d'ouvrir ma porte. Ils vont me tuer! Venez vite Je vous en supplie! »

Où diantre voulait-il que j'allasse? Pourquoi s'adressait-il à moi comme si j'étais au courant de son identité et de ses problèmes? Médusant, non? Ça ne s'emboîte pas bien; y a un sacré boulot d'ajustage à faire!

Toujours est-il que ses ennemis parviennent jusqu'à lui, entortillent un fil d'acier à son cou et le trucident sans qu'il se soit emparé du fusil.

A présent que les faits sont établis, me reste à mieux connaître « le tueur assassiné ». Je m'agenouille près de lui et fais basculer son corps sur le dos. Il a perdu énormément de sang, à cause de sa carotide tranchée. Je le contemple ardemment, pour tenter d'éveiller en moi des souvenirs, mais non : ma mémoire reste aussi à plat que l'électroencéphalogramme de Louis XVI. Je suis absolument certain de n'avoir jamais rencontré cet homme auparavant. C'est un type mince, à la calvitie très étendue, âgé d'une quarantaine d'années. Il porte une barbiche à la Trotski et ses lunettes gisent dans la flaque de sang. La strangulation dont il est clamsé l'a contraint à tirer sa langue. De la mousse verdâtre sort de sa bouche. Tout cela est assez affligeant.

Détail intéressant : il porte des gants de caoutchouc, comme en mettent les chirurgiens pour opérer (à cause des empreintes, naturellement). Il est en T-shirt à manches courtes, pantalon de serge marine, mocassins de cuir fauve. Un blouson de daim assorti aux chaussures a été soigneusement déposé sur le dossier d'un fauteuil.

Je le fouille. Un porte-cartes rebondi contient un passeport tchèque au nom d'Antonin Pétsek, né à Prague en 1955, journaliste au *Cagade Express* de Bratislava. De l'argent français, des marks allemands, des francs suisses, prouvent que l'individu en question se déplaçait beaucoup...

A retenir avant toute chose : il n'a rien de commun, à première vue, avec le dénommé Casimir Lemercier locataire de l'appartement.

Je regarde l'heure : une plombe quinze broquilles.

Que faire ? Rentrer chez moi et me « toyer », ou bien prévenir mes archers et participer avec eux au lancement de l'enquête ? Pour donner à mon indécision le temps de s'installer, je me raconte une histoire que je ne connaissais pas. Celle des deux étudiants en médecine à une terrasse de café, qui s'intéressent au cas d'un passant. L'homme en question se déplace lentement, les jambes écartées, en se tenant penché en avant. L'un des étudiants dit à l'autre : « Ce pauvre type doit avoir une crise d'hémorroïdes carabinée ! » Son ami se récrie : « Des hémorroïdes, en se tenant penché en avant ! Tu rêves : il souffre d'une double orchite ! » « Allons lui demander ! » Ils rejoignent le bonhomme et l'abordent : « Excusez-nous, mon ami et moi sommes étudiants en médecine. Il croit que vous avez une orchite double, et moi je prétends que vous souffrez d'hémorroïdes? » Le type hausse les épaules et soupire : « Eh bien, on s'est trompés tous les trois, mes petits gars : moi je croyais que c'était un pet! »

Bien que l'histoire soit scato, elle m'amuse, ou peut-être me fait-elle rire parce qu'elle est scato?

N'empêche que mon siège s'est fait pendant que je m'auto-narrais cette bluette délicate.

J'empare le téléphone et compose le turlu de Mathias. J'adore réveiller sa mégère en pleine nuit, rien que pour le bonheur de l'entendre rouscailler.

Mais cette fois, chose inouïse, j'ai beau laisser carillonner à pleine vibure, ce pendant cinq minutes, personne ne décroche. Je compense en appelant Jérémie Blanc. C'est juste le contraire qui se produit. Son turlu ne se le fait pas dire deux fois et dès la première sonnerie, Blanche-Neige répond. Il y a un bruit infernal autour de lui : tam-tam, chants, danses, cris.

– C'est la télé ou une sauterie que tu donnes, grand primate?

– Nous fêtons la circoncision de mon petit dernier avec ma famille d'ici et quelques amis. Ça t'amuserait de venir te joindre à nous?

– Je préférerais que tu viennes te joindre à moi, riposté-je. Mais je tombe mal, aussi n'en parlons plus!

– Que se passe-t-il?

– Un meurtre surprenant, dans des circonstances déroutantes.

– J'arrive!

– Mais ta fiesta, Jéjé?

– Je la reprendrai en marche, elle va durer deux jours!

Ils sont marrants, ces Africains. Ils possèdent une richesse inestimable, malgré leur indigence : le temps!

Je lui file l'adresse et lui indique que je laisserai ouverte la porte palière de M. Casimir Lemercier.

En l'attendant, je me récamière sur le canapé du salon. Cette affaire biscornue me paraît sans queue ni tête. Comment un homme à l'affût pour en abattre un autre peut-il se laisser stranguler sans riposter? En sachant, note bien, les intentions homicides de ceux qui forcent la porte de l'endroit où il se terre... Et pourquoi le même gars tente-t-il de m'alerter, moi, paisible mangeur de clams en virouze avec sa vieille maman? Ça ne tient pas debout et c'est parce que je n'y pige rien que j'ai éprouvé le besoin de me faire assister par un ami qualifié.

Jérémie s'annonce un grand quart d'heure plus tard.

Il pénètre dans l'entrée et imite le cri discret de l'huître à aigrette blanche.

– Ferme et viens au salon! lancé-je.

Le voilà! Je me crois sur la scène d'un music-hall. Imagine le sous-directeur de la Police en corsaire moucheté, avec une tunique brune, légère, et une espèce de bonnet de police en peau de léopard synthétique. Aux pieds : des sandales de cuir à laçage. On jurerait qu'il va exécuter un numéro de cracheur de feu ou de montreur de serpents.

– Tu es parfait, assuré-je. La prochaine fois que nous serons convoqués par le ministre, j'aimerais que tu ailles au rendez-vous dans cet accoutrement.

– J'ai cru comprendre que cela urgeait, riposte mon *dark* pote.

Il ajoute, montrant le cadavre :

– La personne assassinée, je suppose?

– Viens que je te raconte!

Je retire mes jambes languissantes des coussins afin de lui laisser place et me mets à tout lui narrer en détail.

Il sait écouter, le guerrier des savanes. Ses gros lotos restent dans les miens, pas inquisiteurs, mais détendus au contraire, engendreurs de confidences.

J'y vais de mon joli récit : plateaux de fruits de mer, téléphone, peur laconique de l'homme, interruption brutale, retour à Saint-Cloud, mes arrière-pensées, mon incoercible besoin de venir fureter avenue George-V, ma découverte, non : mes découvertes...

Un somptueux silence qui donne tout son prix à mon exposé lui succède. M. Blanc retire son calot et se met à examiner son interminable ligne de vie dans sa paume très claire.

– Qu'est-ce que tout ça t'inspire, escaladeur de dattiers?

– La certitude qu'il y a quelque part une mise en scène; voilà mon premier sentiment. Un homme en arme – et quelle arme! – qui entend venir ses assassins, ne va pas se mettre à consulter l'annuaire téléphonique pour appeler un policier auquel il ne dira rien de précis!

– Nos raisonnements se juxtaposent étroitement, assuré-je.

– Quand ta vie est en question et que tu as la chance de disposer d'un tel fusil, tu t'en saisis et tu vas à la rencontre des agresseurs.

– Lu et approuvé!

– Tu as pénétré ici avec ton petit gadget, la serrure avait-elle été forcée?

– Absolument pas.

– Parce que les arrivants possédaient la clé. Le bruit d'une clé qu'on actionne peut alerter, certes, mais jamais le pseudo-tueur n'aurait eu le temps : de compulser le Bottin, de téléphoner, de te faire appeler, ni de te parler avant que ses agresseurs n'arrivent dans cette pièce.

– Oui : foutaise ! Tu en conclus quoi ?

– Que ce type étranglé n'est pas celui qui guettait à cette fenêtre avec un fusil à lunette.

Je vais pour questionner Jérémie plus avant, mais il ne m'en laisse pas le temps :

– Écoute, grand, je vois les choses de la façon suivante : des gens ont investi cet appartement parce que la fenêtre que voici constitue un poste clé pour le guet-apens qu'ils organisent. En étudiant le topo, l'un d'eux t'aperçoit chez *Marius et Jeanette* et te reconnaît. Ces messieurs pensent à utiliser cette coïncidence pour conforter leurs louches manœuvres.

– C'est-à-dire ?

– Laisser entendre que ton Antonin Pétsek, ici absent, est un tueur à gages supprimé par des gens chargés de protéger la personne qu'il voulait descendre. Son appel au secours, tu le dis toi-même, est évasif. Tu ignores d'où il provient ; seulement, lorsque le cadavre sera découvert, ils savent que tes méninges se mettront en action et que tu comprendras qu'il était ton correspondant mystérieux. L'annuaire ouvert à la page du restau d'en face contresigne les faits !

J'envisage sa théorie sans enthousiasme.

– Crois-tu, Jéjé ?

– Tu m'as demandé ma façon de penser, je te la donne ! Il n'est pas certain que j'aie raison.

– Pas certain du tout, confirmé-je.

– Mais c'est envisageable ?

– Oui, ça l'est. Ce qui me tarabuste la comprenette, c'est que le fusil n'a pas été utilisé. Il y a eu une victime, certes, mais elle a été étranglée ici au lieu d'être abattue sur l'avenue.

– Qui te dit qu'on a pas voulu donner le change et aiguiller les enquêteurs sur une fausse piste ? Celle d'un tueur embusqué. Qui te dit que ce n'était pas le faux tueur, l'homme à liquider?

– Peut-être, opiné-je, toujours pas convaincu.

– Tu as des doutes?

– Un plein coffre de bagnole américaine! S'il ne s'agissait que d'un simulacre, pourquoi cet appartement?

– Ben, comme ça...

– Rien n'est jamais fait « comme ça », Frisotté; tout correspond à des desseins précis. Il me vient une autre hypothèse.

– J'ouïs.

– Ce guet-apens visait un client du restaurant; tout était prêt pour l'assaisonner; mais il y a eu un grain de sable.

– Toi?

– Gagné. C'est en observant la salle que ces gens m'ont retapissé. Et alors, ils n'ont pas osé mettre leur projet à exécution. Ils se sont dit qu'ils perdraient, à cause de ma présence, le bénéfice de la confusion parce que, en bon poulet, illico j'agirais, situerais, d'après leur trajectoire, le point de départ des projectiles, mobiliserais les perdreaux, bref que je leur mettrais tellement de bâtons dans les jambes qu'ils prendraient de trop gros risques en suivant leur programme.

Le guerrier des savanes (dont je me fais l'écho) n'est pas buté. Il n'y a que les cons qui le soient.

– Pas négligeable, dit-il en calmant ses burnes qui ont tendance à s'échapper de son corsaire moucheté.

Et d'ajouter :

– Il va falloir vérifier la liste des convives d'hier soir chez *Marius et Jeanette*; celui qui était visé avait fatalement réservé, et depuis la veille au moins, puisqu'on a eu le temps de mettre en place cette opération. J'ai vu que l'appartement est au nom d'un certain Casimir Lemercier, tu n'aimerais pas en savoir davantage sur ce monsieur?

– C.Q.F.D.!

Il se lève et part en chasse dans les autres pièces.

Quant à moi, je me mets à jouer les Sherlock, à croupetons sur le plancher, furetant comme un cador pour essayer de découvrir des indices. Des gens qui passent un certain temps dans un même lieu laissent fatalement des traces. C'est bien le diable si je ne découvre pas un mégot!

Mais j'ai beau fouinasser, je suis bredouille. Il existe de très vagues marques de chaussures inscrites dans la moquette épaisse, et tout ce que je peux déceler, c'est qu'il y en a de différentes, dont les nôtres. Il faudrait une équipe du labo pour essayer de les décrypter, et encore cela ne donnerait pas grand-chose.

– Antoine!

Il est dans l'encadrement de la porte. Ne lui manque qu'une lance pour ressembler à un garde du corps du roi Zigouli-Zigoula.

– Viens voir!

Je me relève.

C'est dans la salle de bains que ça se passe. M. Blanc me désigne la baignoire où un petit vieillard nu est mort noyé dans une eau qui a dû être mousseuse mais qui n'est plus que vert émeraude.

– M. Casimir Lemercier, présente mon poteau noir.

– Comment le sais-tu?

– Va voir dans sa chambre, il y a plein de photos de lui qui le représentent depuis le jour de son mariage jusqu'à celui où on l'a fait officier de la Légion d'honneur. Colonel! Veuf, si j'en crois le portrait de son épouse en haut duquel on a fixé un brin de buis.

Je mate le vieillard dont les côtes saillent. Il est mal rasé. Son pyjama jaune devant est accroché à une patère de la salle de bains, ainsi que sa robe de chambre écossaise. Des charentaises font le pied de grue en attendant Godot.

– Mort naturelle après qu'on lui eut maintenu la tête immergée, ricane M. Blanc.

Quelqu'un a sonné chez le colon qui devait vivre, seul, une existence de grabataire nanti. On devait avoir un bon prétexte puisqu'il a déponné. Le neutraliser et le noyer dans sa baignoire n'ont constitué qu'un exercice de style pour ses visiteurs.

Des gens qui n'ont pas froid aux yeux!

Pourquoi sont-ils partis en abandonnant le fusil à lunette? Jérémie a-t-il raison quand il évoque une mise en scène?

Je téléphone à la permanence de la Grande Taule et donne des instructions pour qu'on radine dare-dare. Cette enquête me tient à cœur, sans doute à cause de cet appel téléphonique saugrenu qui m'y a bon gré mal gré impliqué?

– Retourne à ta sauterie! ordonné-je à Jérémie. Il est inutile que les mecs de la Crime te voient ici dans cet accoutrement à la con. Tu crois qu'un jour tu seras vraiment civilisé? Malgré ton doctorat en lettres et ta thèse sur Montaigne, je trouve que ton éducation occidentale fait des couacs! Cela dit, ils ajoutent à ton charme, vieux chimpanzé.

Il hausse les épaules et part retrouver la bistounette ensanglantée de Népomucène, son négrillon de l'année.

Des qui en sont asphyxiés en le voyant, ce sont les gens d'à côté. Depuis ma visite, ils ne se sont pas rendormis et sortent sur le palier au moment où le guerrier se casse.

Ils croient avoir une hallucination.

– C'est le malfaiteur que vous recherchiez? me demande le mari.

– Non. Il s'agit d'un de mes hommes qui se prodigue dans une secte noire qu'il a infiltrée, les rassuré-je. Cela dit, il y a eu des drames dans l'appartement contigu au vôtre. Des renforts vont arriver et vous allez être questionnés; n'en concevez ni crainte ni mauvaise humeur: la routine policière.

Ils me criblent de questions auxquelles je ne réponds qu'évasivement. Très peu s'écoule et la brigade sauvage se pointe, sous la direction du commissaire Honnissoit, un jeune plein de fougue, à qui son ambition fait racler les parquets de ses longues dents.

Résumé succinct des événements pour messieurs mes hommes. Ils m'écoutent avec déférence. Le couple réveillé est toujours sur son paillasson, passionné et ahuri.

– Ange, fais-je à Honnissoit, procédez à l'interrogatoire de monsieur, moi j'assurerai celui de madame.

Mon subordonné rit avec les yeux : ma répute qui fait son œuvre!

– Prenez sa déposition dans cette antichambre! enjoins-je en désignant l'apparte de feu Casimir Lemercier.

Qu'après quoi, je pénètre chez les Masturbeaux (ils s'appellent comme ça, j'y peux rien!).

La ravissante désommeillée en déshabillé (ça va plus vite) referme la porte à clé. Pourquoi? Si tu peux me le dire, tu gagnes un aquarium plein de piranhas, radical pour faire des bains de mains et t'enlever les peaux mortes autour des ongles.

S'agit-il d'un geste machinal? Ou bien d'une « sage précaution »?

D'un pas décidé, elle va jusqu'à la chambre, ignorant soudain qu'elle possède un merveilleux salon meublé Charles X. A-t-elle senti que j'abhorre ce style merdique pour roi de France en transit?

La piaule sent la tanière. Sitôt que l'homme s'interrompt d'agir, il pue. C'est pas fait pour stagner, la viande humaine. Couche-toi une heure et des remugles s'installent; nous sommes toujours parés pour la décomposition, les bipèdes. Une de nos malédictions! Y en a d'autres, beaucoup d'autres!

Moi, ça ne me dit rien de l'enfiler dans la moiteur de son époux, d'autant qu'il a louffé, le pleutre! Un vent qui aurait besoin d'un plus fort que lui pour l'évacuer de la pièce.

– Asseyez-vous, propose la dame.

Elle me désigne une banquette au pied de son plumard. Elle-même s'allonge à plat ventre, à l'envers, les bras soutenant le buste, son déshabillé ne soutenant pas ses nichemars qui se mettent à faire la double cloche. Coquinette, elle lève ses jambes; bref, le numéro d'excitinge dans sa forme la plus aboutie.

– Je n'ai rien vu, rien entendu! prévient-elle, en ponctuant d'un exquis sourire de garce en chaleur. Nous dormions. Depuis des mois, c'est ce que nous faisons le mieux ensemble, Aldebert et moi.

Ça y est, la voilà qui renie son mec. Elles font toutes ça quand le mariage commence à leur peser sur les endossures. Le réputé bon à nibe, fané du calbute, gougnafier de la pire espèce. Et moi, je déteste qu'on dénigre un mari, surtout au moment de le tromper. La femme qui dévalorise son cocu se déprécie elle-même. Quelle piètre victoire tu remportes sur un mou-du-braque! La dame mal baisée qui frappe à ta braguette en demandant s'il y a du feu, n'est qu'une mendiante d'amour.

Au contraire, la gerce épanouie qui te vante les prouesses de son cosaque, comme quoi il la tire dix fois par jour, de haut en bas, de gauche à droite, par-devant, par-derrière et en s'activant des dix doigts, l'épouse qui te révèle son indicible amour pour son mari rayonnant d'époustouflantes qualités, celle-là, oui, rend ta partie de jambons avec elle prestigieuse. Ça devient héroïque comme conquête.

Je raffole de celles qui chialent en limant, qui sanglotent le blaze de leur époux trompé par un Casanova impossible à fuir. J'en ai pratiqué comme ça qui gémissaient « Louis! Oh! Louis, pardon » tandis que je leur glissais dans la moniche mon jésus de Lyon; et puis qui, au fil du coït, se mettaient à glapir. A clamer « qu'oh oui! qu'oh oui! qu'oh oui! encore! Plus vite, c'est bon! » Ça, oui, c'est du beau boulot! Tu sens se dilater ta fierté en même temps que tes roustons. Tu avoisines l'apothéose sensorielle. T'es un mec, quoi, y a pas!

Elle me dit :

– Je m'appelle Nathalie, en levant plus haut ses jambes de derrière, histoire de mieux retrousser sa pelure d'oignon (c'est le cas de le dire).

Et d'ajouter :

– Ça tient toujours demain, pour le *Fouquet's*?

– Hélas non : maintenant que j'ai une grosse affaire sur les bras, je ne vais plus m'appartenir.

Elle s'assombrit. Ma grosse affaire, elle la préférerait dans mon futal plutôt que dans l'appartement voisin.

– Un autre jour? espère-t-elle.

– Comptez-y.

– Je vous plais?

– Là n'est plus la question pour l'instant, hélas! Va faire piger ça à une gonzesse qui mouille pour toi!

– Hier, fais-je, en fin d'après-midi, vous vous trouviez ici?

– En effet.

– Vous n'avez pas constaté quelque chose d'anormal ?

– Rien, sinon que le vieux voisin a pris un bain, ce qui ne lui arrivait jamais. Son sanitaire n'a pas été refait depuis l'armistice de 1918 et produit un boucan du diable, comme ceux de certains hôtels de passe.

Elle se mord les lèvres (celles de la bouche, car elle n'est pas contorsionniste). Reus'ment que son singe n'est pas à l'écoute !

Je lui souris, complice.

– Autre chose qui vous aurait troublée, Nathalie ?

Tu sais ce qu'elle me répond, l'effrontée ?

– Oui : vous !

Catégorique. Alors là, quand ton numéro sort gagnant, t'as plus qu'à aller toucher ton lot, en laissant un petit quelque chose pour le service.

En un tournemain, elle se débarrasse du déshabillé, s'agenouille, la crapautine large ouverte et commence à se masser le mollusque à la dévergondée, tout en poussant des pâmoisances qui feraient disjoncter ton compteur électrique.

– Viens ! qu'elle m'implore ! Viens vite, j'en peux plus de te désirer !

Bien que n'étant pas assuré que l'imploration soit formulée en un français très châtié, force m'est de lui dispenser mes soins éclairés car, chef de la Police ou non, je suis avant tout un mâle digne de ce qualificatif et, refuser un beau cul du jour, si généreusement offert, relèverait de la plus basse muflerie.

– Allonge-toi ! ordonne-t-elle.

Je.

Elle me dégoupille le caisson étanche, farfouille à travers mes pampers, et ramène triomphalement à la lumière ocrée de la lampe de chevet, une superbe truite frétillante qui inspirerait une seconde version de son chef-d'œuvre à Schubert, lequel a tant composé pour Yvette Horner.

Histoire d'apprivoiser le salmonidé, elle prend la tête d'icelui en bouche pour en décupler la vitalité. Ensuite, la chère Nathalie se place à califourchon et guide le poisson à la chair exquise, qu'elle sait amoureux des failles et autres menues grottes de ruisseau, dans sa foufounette ombreuse, à l'abri des cascades. Cette pêcheuse de truite se double d'une écuyère (à soupe) vertigineuse dans les figures libres.

Cette fantasia, *mamma mia*! Sans un oscillographe branché sur son frifri, impossible de déterminer le nombre d'a-r m [1]. Heureusement qu'elle *take* son *foot* rapidos, sinon mon pollux allait sentir le cramé!

Juste au moment qu'elle emballe dans le paroxystique, on sonne à la lourde. J'envoie les couleurs, me déterge avec le drap de dessus et remets Popaul à la garderie.

C'est le commissaire Honnissoit qui carillonnait.

– Navré de vous déranger, monsieur le directeur, mais les choses se compliquent.

– Qu'entendez-vous par là, Ange?

– Venez!

Retour chez le père Lemercier. Mon subordonné me précède jusqu'à la chambre de l'ancien officier.

Le dessus de la literie gît sur le parquet : un édredon de jadis, deux couvrantes de haute laine, un drap de lin brodé. Sur le drap de dessous, il y a le cadavre d'une petite vieillarde mal rasée, au visage constellé de chouettes verrues saint-cyriennes. Elle ressemble à Charles Dullin dans *l'Avare*. On lui a cassé la tronche alors qu'elle se trouvait étendue sur le lit. Le drap est teinté de sang noir et il y a des

1. a-r m : aller-retour minute.

esquilles d'os et des particules de matière cérébrale dans le raisin. Une pure désolation!

– Mes inspecteurs ont trouvé « ça » en fouillant, m'apprend Honnissoit.

« Ça », sans manquer de respect à la défunte, est bien le pronom démonstratif qui s'impose. Cet être minuscule, privé de vie, menu, vieux et saccagé n'est plus qu'un petit tas d'os et de hardes.

J'examine le cadavre et vais héler Aldebert Masturbeaux qui attendait sagement dans l'antichambre que j'aie fini de brosser sa dame.

– Besoin de vous, cher monsieur! l'avertis-je.

Il déboule dans la pièce, s'approche du lit où se tient le commissaire Honnissoit avec l'un de ses péones, égosille des yeux et s'évanouit.

Bien ce que je pressentais : une couille molle.

– Allez chercher Mme Masturbeaux! ordonné-je, agacé par les simagrées de ce con.

On fait droit à ma requête et voilà la frénétique Nathalie, habillée d'une robe de chambre plus austère que son déshabillé de pute, qui vient à la rescousse. Elle voit son marida sur le parquet et demande sans s'émouvoir :

– Il est mort?

– Évanoui seulement, la rassuré-je.

Elle se retient de dire « dommage », mais je lis le mot dans ses prunelles.

Il est grotesque, le pauvre mari sensible, avec son pyjama béant qui laisse découvrir son « Petit Chose » et ses « Deux Orphelines ».

Nathalie l'enjambe et se penche sur le lit.

– Mais c'est Mme Macahuète! dit-elle sans s'émouvoir, car c'est une femme de bonne trempe.

– Vous la connaissez?

– Il s'agit de notre concierge; elle faisait le ménage du voisin.

– Elle avait les clés de l'appartement?

– Bien sûr : le colonel va à son cercle quotidiennement, de plus il est sourd.

– Deux excellentes raisons pour boire Contrex, admets-je.

Tout s'explique : la vieille s'est pointée pendant que les agresseurs de Lemercier étaient à pied d'œuvre; surpris, ils n'ont pas eu d'autre recours que de la supprimer.

– Dites, c'est une affaire très grave, non? note pertinemment Mme Masturbeaux.

– Pas mal, merci.

– Vous avez une idée?

Impatiente! *Vox populi.* Il est infernal, le public. Il voudrait qu'on lui récite le pedigree des meurtriers avant qu'ils eussent commis leur forfait. La seule « idée » que j'aie présentement concerne la couleur de ses poils pubiens et la largeur de ses lèvres australes.

Bédiglasse reprend ses esprits. Bon prince, le commissaire Honnissoit l'aide à se remettre d'aplomb. L'autre connard se prend alors à geindre et fuit le lit.

– Emmenez votre cador coucouche-panier! conseillé-je. Il m'abîme les tympans avec ses jérémiades.

Elle ricane :

– Si je vous disais qu'il zappe chaque fois qu'il y a un film d'épouvante à la télé.

Elle me coule une œillade à grande circulation.

– A bientôt?

Le point d'interrogation vibre comme les graves accents d'un cor des Alpes, le soir, dans les montagnes bernoises.

– Sans aucun doute, l'apaisé-je (car, décidément, j'aime l'apaiser).

Les mecs de l'Identité se pointent avec leur matériel de camping. Pendant qu'ils s'installent, Ange Honnissoit me prend en aparté :

– Trois cadavres à la fois, ça tourne au massacre!

– Si vous n'obtenez pas du positif dans les quarante-huit heures, les médias vont vous en jouer un air, déclaré-je froidement, avec cette proverbiale lâcheté de tout chef qui dévie les jets de merde sur ses subordonnés.

Ils ne veulent être que des substrats dans l'orage, les chefs. Base du système, mais jamais plus rouage!

Bien évidemment, le pauvre gars se dit qu'en fait de saligaud je vais pouvoir grimper sur le podium; aussi lui refilé-je un sourire que je souhaite désarmant.

Je saisis la tirette de son blouson de cuir et la remonte.

– Assassiner deux personnes afin de pouvoir disposer d'un appartement dont on peut croire qu'il devait servir à un attentat, mais qui, en fin de compte, n'a été utilisé que pour l'assassinat d'un citoyen tchèque, c'est pas ordinaire, non?

– Vous pouvez le dire!

– C'est ce mystère qu'il va falloir éclaircir, Ange.

Je me dirige brusquement vers le palier. Les Masturbeaux sont déjà bouclarès et le bruit d'une altercation retentit. Moi, curieux comme un écureuil (mais j'ai pas la queue en panache), de déverrouiller leur porte pour mieux entendre.

Je te reproduis, en caractères d'imprimerie, les paroles que je capte alors :

Lui : – « Et puis tu sais, ce flic ne me plaît pas du tout! Il est d'une suffisance! Qu'est-ce qu'il t'a demandé? »

Elle : – « Si j'avais entendu quelque chose d'anormal en fin d'après-midi. »

Lui : – « Et tu lui as répondu quoi ? »
Elle (riant) : – « Que le pauvre colonel avait pris un bain, ce qui lui est tout à fait inhabituel. »
Lui : – « Tu n'aurais pas dû ! »
Elle : – « Ça n'a rien de gênant. »
Lui : – « Si ! »
Elle : – « Quoi ? »
Lui : – « Tu le sais bien ! »
Elle : – « Franchement, je ne vois pas. »
Lui : – « Eh bien moi, si ! Et puis d'abord, je suis certain que ce bellâtre te fait les yeux doux ! »
Elle : – « Si ça pouvait être vrai, ça me changerait un peu de tes soupes à la grimace ! »

O femmes perfides !

Lui : – « Je ne te rends pas heureuse ? »
Elle : – « Pas tellement ! »
Lui : – « Cherches-en un autre ! »
Elle : – « Merci du conseil ! »
Lui : – « Tu veux ma main sur la gueule ? »
Elle : – « Il n'y a plus que là que tu es capable de la mettre, ta main ! »

Bruit d'une gifle cosmopolite [1].

Elle : – « Brute ! »

Nouveau bruit de gifle, extrinsèque cette fois [2].

Là, le Chevalier Blanc intervient.

Bondissure de Sang-en-tonneau jusqu'à la chambre. Le glandu est courroucé comme un coq de combat, plumes ébouriffées. Il devrait surveiller le décolleté inférieur de son pyjama car sa poupounette choisit la liberté. En me voyant, il laisse retomber une main en route pour une troisième mandale à sa pauvrette. Moi, au contraire, j'élève la mienne jusqu'à son col, le cramponne ferme et attire Gugus

1. Pourquoi « cosmopolite » ? San-Antonio a ses mystères.
2. Pourquoi extrinsèque ?

à moi. Nos têtes trinquent. Moi, c'est le cuir chevelu, lui, c'est les mandibules, le pif et une pommette sans intérêt. D'une bourrade, je l'expédie sur le plumzingue.

– Je n'ai jamais supporté qu'un homme frappe une femme en ma présence! lui dis-je.

Et tu sais ce que répond cette sous-larve?

– C'est la mienne!

– Si vous croyez ça, mon vieux, c'est que vous avez un sens de la propriété totalement dévoyé.

Il gît sur la couche matrimoniale (devenue par mes soins une couche adultérine). Et puis il se redresse et caresse sa joue.

Regarde ses doigts.

– Mais!... il blablute, anéanti... Mais!... C'est du foutre!

– Qu'est-ce que tu racontes! blêmit sa gerce.

– Monsieur a des émissions séminales nocturnes? je demande, sans grand espoir, mais avec les vrais cocus on ne sait jamais, faut toujours risquer le coup.

– Salaud! il sursaille. Vous avez baisé ma femme!

Là, j'arbore mon masque des grands jours, celui qui guérit leur hoquet aux crocodiles et qui fait avorter les femelles chimpanzés.

– Retirez cette insulte de même que cette accusation, sinon je vous fais emballer immédiatement pour injure à magistrat.

Ça le met en torche, Dunœud. Il continue d'étancher le sperme surchoix qui est en train de me déshonorer sur sa face de rat, tout en contemplant la flaque dudit produit dont son drap de dessous est le coréceptacle.

– Mais je... Mais qu'est-ce... Mais quoi?...

– Vous devriez consulter un médecin, au lieu de faire cette scène ridicule, reprends-je sévèrement.

Quand vos glandes deviennent incontrôlables, une opération s'impose. L'éjaculation inconsciente est un signe manifeste d'une altération du cerveau, Masturbeaux! Ça commence ainsi et ça s'achève par une petite voiture!

Là, ma véhémence et mon aplomb lui flanquent des doutes, c'est clair.

– Il y a longtemps qu'il n'a pas fait l'amour? m'enquiers-je auprès de l'épouse amusée.

– Des mois!

– Et pas de maîtresse? demandé-je au pauvret qui continue de se faire, machinalement, un masque de beauté avec ma semence inestimable.

– Heu... non!

C'est mou, il doit mentir, mais très peu.

– Il faut vous soigner, mon vieux. Croyez-moi, le temps travaille contre vous. Vous filez droit vers un rassissement des glandes sexuelles et, par conséquent, un tarissement irréversible des testicules. Maintenant, je souhaiterais que vous me disiez quelque chose: pourquoi votre femme n'aurait-elle pas dû m'apprendre que votre malheureux voisin a pris un bain hier, en fin d'après-midi? En quoi est-il gênant que je le sache?

Habile de lui placer cette question après une scène très distancée du sujet. Il la chope au plexus, comme un footballeur morfle le ballon dans les castagnettes lorsqu'il fait le mur lors d'un coup franc direct.

– Je ne vois pas ce que vous voulez dire.

– Écoutez, mon bon, malgré ma suffisance, j'ai l'ouïe fine; à quoi bon nier l'évidence?

Un temps, l'autre est écarlate et fait des « gloups » à vide, avides.

– Que faites-vous comme travail, monsieur Masturbeaux?

– Je suis agent général de la Compagnie d'assurances L'Urgence et la Vie.

– Vous deviendrez un agent moins général si votre nom traîne à la rubrique criminelle des informations.

J'ajoute :

– Chose qui se produirait immanquablement dans le cas où vous cèleriez à la Police tout ou partie de la vérité.

Je me tourne vers Nathalie :

– L'avertissement vaut pour vous aussi, madame, j'ai le regret de vous le dire.

Elle est choquée et son regard se charge de déception. Ma bite cesse instantanément de se refléter dans ses polissonnes prunelles.

– Préférez-vous que je vous fasse conduire à la P.J., mes chers amis, où nous aurons tout le temps de bavarder à perte de vue?

Non, ils n'ont pas l'air de préférer. Claquebuse se met à perroquer et il bave un peu en parlant. Pas un cadeau, ce mec!

– Nous avons dîné tôt, parce que je voulais voir « La Marche du Siècle » à la télévision, dit-il.

– Excellente émission, approuvé-je. Après « Le Juste Prix », c'est ce qu'il y a de plus culturel. Et alors, donc, vous avez dîné tôt?

– C'est pendant que nous étions à table que nous avons entendu fonctionner la baignoire du père Lemercier.

– Et puis?

– Pendant que l'eau coulait, il a hurlé : « Jamais, vous m'entendez! Jamais! »

– C'est inouï ce que vous devenez intéressant quand vous vous y mettez! Alors?

Aldebert considère Nathalie; cette fois sans lui marquer d'animosité.

– C'est tout, non?

– Non! riposte cette belle amazone qui me monte

si bien à cru. Tu sais bien qu'il a ajouté « Voyous » d'une voix qui s'étouffait.

– Oui, convient le cornard de service, peut-être bien.

Je lui tirerais avec joie un taquet au bouc. Sa pointe de menton est excitante comme un croupion de poulet rôti pour celui qui en raffole.

– Pourquoi ne m'avez-vous pas parlé de cela lorsque j'ai sonné à votre porte, la première fois? demandé-je au couple en cours d'effritement.

– On ne supposait pas que c'était important, fait Aldebert.

– Et vous, madame, lorsque vous avez mentionné le bain du vieillard, pourquoi m'avez-vous tu ces détails si capitaux?

– Après votre première visite, mon mari a décidé que nous ne parlerions pas de la chose.

– Quelle idée? fais-je à Masturbeaux.

– Eh bien je... je craignais...

– C'est ça, vous craigniez! Vous devez craindre une foule de trucs et de gens dans la vie.

Je le toise méchamment.

Une réplique me vient, que je tais parce qu'elle est trop inconvenante. Comment? Tu veux que je te la dise à l'oreille? Banco! « C'est pas parce que tu as une gueule de con qu'il faut continuer à te barbouiller de foutre! » Tu comprends bien que je ne peux balancer ça en plein bouquin! Y a pas que des putes qui me lisent, y a aussi des jeunes gens, des prêtres, des diplomates!

Je laisse ces messieurs-dames désemparés. Je ne parierais pas une poignée de jetons de Monopoly sur leurs noces d'or.

Avant de quitter l'immeuble, je jette une œillée à la loge de la concierge. Un écriteau collé sur la vitre attire mon attention :

La Gardienne est absente
pour Cause de Décès

Y a vraiment des assassins qui ne manquent pas d'humour!

Prudents, les « envahisseurs » du cinquième ont coupé court à toutes recherches possibles de la vieille pipelette qu'auraient pu organiser ses locataires. Ils ont fermé la loge à clé, mais j'en ai rien à secouer. Aussi m'emparé-je de l'écriteau. Tout indice est bon à ramasser; c'est écrit noir sur blanc dans le manuel du parfait petit flic de la collection « Marabout ».

CHAPITRE IV

OBSTÉTRIQUE : *partie de la médecine relative aux accouchements.*

Félicie. Café. Croissants!

Suffisant pour m'arracher des toiles malgré seulement quatre heures de sommeil.

M'man porte son joli tablier tricolore que je lui ai ramené d'un repas chez Bocuse. Elle ressemble à une vieille Marianne qui aurait paumé son bonnet phrygien (Béru dit « un bonnet frigide »). Elle a mis les croissants dans le four pour les empêcher de refroidir.

– As-tu passé une bonne nuit, mon grand?

– Excellente, m'man.

Rien ne peut lui faire davantage plaisir, Féloche. Elle me voudrait marmotte, aimerait que j'hiberne. Le corps a besoin de repos, ne cesse-t-elle de me répéter. Puis, à chaque fois d'ajouter qu'il ne faut, en aucun cas, « brûler la chandelle par les deux bouts ». Le mec qui a trouvé cette expression, s'il touchait des droits d'auteur, roulerait en Aston Martin!

Je clape. France Info diffuse la vie du jour. Politique, déclarations en tout genre de guerres, d'impôts, d'amour; le lot de conneries habituelles. Ça ronronne. De temps en temps, y a un gros truc qui fait sauter le couvercle, provoque pendant plusieurs jours des ondes de choc. Et puis on retombe dans les moiteurs quotidiennes.

– Tes croissants sont meilleurs que d'habitude, m'man.

– Je les ai achetés à la nouvelle croissanterie qui vient de s'ouvrir, rue du Colonel-Chabert, répond ma Féloche. Elle embaumait tout le quartier.

Ce qui me fait réagir, c'est le mot « colonel ».

J'oublie celui de Balzac pour revenir au mien : le colonel Lemercier, noyé dans sa baignoire et qui aurait consacré ses ultimes forces à invectiver ses assassins. Et voilà la mère Macahuète qui se pointe comme « Mars à la crème », dirait Béru pour mars en carême. Zigouillée, mémère. Et on va placer un écriteau sur la vitre de sa loge.

Je laisse mon petit déje pour grimper chercher le panneau. Ce qu'il y a d'intéressant, c'est qu'il a fatalement été rédigé par l'un des meurtriers. Caractères d'imprimerie : « La Gardienne est absente pour Cause de Décès ».

J'achève mon quatrième croissant : un vrai repas ! Félicie est ravie ; désormais, elle n'ira plus qu'à la nouvelle croissanterie de la rue du Colonel-Chabert.

L'avis concernant l'absence de dame Macahuète a été rédigé au crayon feutre, au dos d'une couverture de cahier en bristol.

– Tu as toujours la loupe dont mémé se servait, sur la fin, pour lire le journal ? demandé-je à ma brave femme de mère.

Tu penses ! Elle conserve toujours tout, Félicie. C'est une fourmi.

Quelques secondes plus tard, j'ai le manche d'ivoire de la vieille loupe en main et mon œil démesure derrière le verre épais. Gagné ! Les deux dernières lettres du mot « décès » ont bavé, ce qui arrive souvent lorsque tu te sers d'un gros crayon feutre.

Elles ont bavé par la faute d'un médius qui a dérapé dessus et dont l'empreinte est superbe comme une photo en piqueur de Gustave Le Pen.

– Tu n'aurais pas une grande enveloppe, ma chérie?

Tout! Elle a tout ce que son fils peut souhaiter, m'man, je ne te dirai jamais assez!

Je protège la belle empreinte de collection, hésite à consommer un cinquième croissant, y renonce et repars après avoir englouti un second bol de caoua.

– Tu viens déjeuner? questionne ma poule couveuse.

– Pas certain, je te passerai un coup de grelot.

Elle risque, perfide :

– J'avais l'intention de faire un bourguignon!

– Jeanne Hachette! ricané-je. Fais-le toujours, ça se réchauffe.

***

La nièce, par alliance, de Mathias qui lui tient lieu d'assistante et qu'il tringle comme un malade, m'apprend que le Rouquemoute est en train de se faire opérer d'un kyste à l'oignon. Rien de fâcheux, il sera là dans deux jours. Je lui refile le panneau de fortune accompagné de quelques explications. Elle aussi trouve que l'empreinte est superbe comme une rosette de Lyon (dont elle est originaire). Elle va en faire ses choux gras (on mange gras à Lyon). Prenant connaissance du texte, elle murmure :

– C'est un Allemand qui a écrit cela?

– Pourquoi?

– Tous les noms comportent une majuscule : « Gardienne, Cause, Décès ».

– Beaucoup d'analphabètes ont ce travers.

– Je sais, seulement ils ont une écriture qui trahit

leur inculture et font des fautes d'orthographe énormes. Ici, rien de tel.

Elle est forte, cette souris; moche, mais vachetement compétitive. Un cerveau qui tourne rond. Cela, sûrement, qui aura conquis le Rouillé; voilà pourquoi il la sabre éperdument.

– Je vous laisse le document, ma mignonne. Établissez à son sujet un rapport exhaustif.

– Comptez sur moi, monsieur le directeur.

Histoire de l'encourager, monsieur le directeur lui palpe la moule à travers sa blouse blanche. Elle recule un peu son michier en rougissant et clapote :

– Oh! Monsieur le directeur...

La confusion l'embellit, mais elle est foncièrement modeste : la môme n'ignore pas qu'une mocheté de son espèce ne saurait provoquer le désir chez un beau mec de mon importance.

– Un jour, tu mettras des bas noirs et je te baiserai sur mon bureau, lui dis-je. Tu verras, les moulures de la suspension sont géniales!

C'est ainsi que Renaud épousa la belle Aude.

« Triple assassinat Avenue George-V. »

Ça y est, c'est lancé! La télé de mon bureau a cru bon d'interrompre ses programmes pour un flash spécial. A deux morts, elle ne le faisait pas, mais trois, c'est un début de carnage!

Affaire qui, dès le départ s'annonce mystérieuse : un ancien colonel de l'armée française, un citoyen d'origine tchèque, une vieille gardienne d'immeuble pour faire le bon poids. Fusil à lunette trouvé sur place! Jumelles. Un attentat était prévu. C.Q.F.D.!

Ma secrétaire m'annonce par téléphone que les médias assiègent la Maison Poupoule. Ils réclament une déclaration de « l'Illustre ». Je sais qu'il ne sert de rien de les envoyer aux pelosses; ils en conçoivent de l'humeur et t'attendent au tournant. Après tout, ils exercent un turbin qui réclame du combustible. Je dois leur en fournir, quand bien même il n'est pas de bonne qualité : la tourbe ne vaut pas l'anthracite, néanmoins elle dégage de la chaleur !

– Qu'on les rassemble dans la salle des conférences, je les rejoindrai dans un quart d'heure.

Là-dessus, j'appelle le commissaire Ange Honnissoit pour savoir où en est son enquête. Elle avance gentiment. Ses scouts grignotent le bas de l'avenue. Ils ont retrouvé les chauffeurs de la station de taxis qui ont fait la queue la veille, en fin d'après-midi. L'un d'eux, un Chinois nommé Tou Dan Ton Ku, a fait une déposition intéressante. Étant descendu de son sapin situé au bout de la file, il a vu arriver une Jeep Cherokee de couleur noire ayant trois hommes à son bord.

Après avoir remisé correctement l'auto, les individus en sont sortis en portant une valise étroite, de forme allongée, et ils se sont engouffrés dans l'immeuble concerné. Il était un peu plus de 19 heures, selon le Chinetoque. Il ne les a pas vus repartir car il a quitté la station dix minutes plus tard.

Cet obligeant Cantonais se trouve actuellement au service de l'Identification aidant à dresser le portrait-robot des trois hommes.

Les Asiates ont une mémoire luxuriante à souhait.

Par ailleurs, l'équipe du commissaire Honnissoit fait du porte-à-porte dans l'immeuble pour tenter de trouver des témoins éventuels. Le matériel laissé sur place (fusil, jumelles) est en cours d'analyse (empreintes possibles, identification). Avec quoi a-t-on brisé la coquille de la mère Macahuète? Curieux que l'objet sauvagement contondant qui a servi au meurtre ne se trouve plus dans l'apparte. Et comment se fait-il que ces hommes venus avec le fusil, l'aient laissé sur place? Ils sont arrivés à trois, sont repartis deux. Un membre du trio a été étranglé.

Je gagne la salle de conférence, seulement meublée d'une immense table ovoïdale et de vingt-six chaises. Aux murs des photos de Jean Mulatier qui représentent des sous-bois et des massifs floraux, agrandis posters, afin d'emprintaner l'ambiance rigide du lieu.

Une dizaine de journalistes sont assis, deux mecs à Nagra attendent avec leurs micros, et un gazier de télé me guette, la caméra à l'épaule, prêt à me zinguer. A mon entrée : projo pleine poire. J'essaie de faire bonne contenance et de ne pas placer ma main en écran devant mes prunelles. Je m'habitue à l'éblouissement. Lance un courtois « Bienvenue à tous ». Chope le dossier de la chaise située à la pointe de l'œuf, la fais pivoter et m'assieds.

Le projo me biche de profil. C'est davantage supportable. Deux micros me sont proposés de part et d'autre, qui doivent me composer une grosse moustache surréaliste. Une volée de questions. Je calme des deux mains en vol de gerfaut.

– Chers amis, pas de panique, y en aura pour tout le monde!

Le Vieux faisait très bien ça quand il occupait ma place actuelle. Tout dans le masque! Dignité assurée! Réfrigération naturelle grâce à son regard polaire! Un grand pro. Ma pomme, j'ai un côté camelot. M'empêtre dans les fausses gravités!

Je dois faire un peu loustic, dans mon genre. Pour commander, diriger, faut laisser ses élans du cœur au vestiaire, son côté chaleureux, sa bienveillance spontanée du mec disponible. Seulement, je peux pas. Je comprends trop tout pour jouer un rôle de solenniteur. Je continue de me regarder et je dérisionne, fatal.

– Calmos, mes drôles! les interpellé-je, que tant pis pour les conséquences. Ce qui se conçoit bien s'énonce clairement, laissez-moi énoncer!

Ils se taisent. Je leur dégoise alors un récit écourté des choses, passant sous silence mon intervention avenue George-V, a fortiori le coup de tube reçu chez *Marius et Jeanette.* Je fais sobre, mais efficace. Oui : il y avait un fusil à lunette, un trou dans la fenêtre, une chaise de guet avec des jumelles. Des gens ont forcé l'appartement du colonel Lemercier, à cause de sa situation géographique. Ils ont buté le colon et ensuite sa femme de ménage qui les a surpris. Y a-t-il eu une altercation entre eux, par la suite? Toujours est-il qu'un des trois hommes a été occis par strangulation et que l'attentat supposé ne s'est pas produit. On enquête à propos du complice assassiné : un Tchèque du nom d'Antonin Pétsek. Interpol est sur les dents. J'espère pouvoir leur en raconter plus mieux d'ici quarante-huit heures.

Toujours différer, repousser ce genre d'échéance. Miser à bloc sur la formidable faculté d'oubli des hommes. Les pires événements, laisse-leur un peu de temps et ils se dissolvent gentiment dans l'oubli. D'autres les remplacent. Il n'y aurait pas de vie collective possible si les gens gardaient leur mémoire intacte. On ne croirait plus en rien ni à personne. On ne pourrait plus continuer d'espérer, d'aller de l'avant. On aurait pigé une fois pour toutes l'immense foutaise des choses.

Encore une demi-heure de bla-bla onctueux comme de la chantilly, ponctué de gestes fermes, de regards sûrs d'eux-mêmes, et ces messieurs se retirent en affûtant leur titre, chacun espérant en trouver un plus accrocheur que les autres : « Tuerie mystérieuse Avenue George-V » ; « Trois morts : un mystère », « Carnage chez un colonel en retraite ! » etc.

Ces messieurs sortent donc, mais pas la dame qui faisait partie de « la conférence de presse ». Dame ? Non : fille ! Jeune fille. Une brunette de vingt piges, mais elle doit avoir plus. Visage pur et sain. Cheveux coupés court. A peine fardée, et même c'est pas certain. Veste rouge, jupe et chemisier noirs. Bien faite déjà, malgré sa jeunesse. Au lieu de se retirer, elle est agenouillée sur la méchante moquette grisâtre, ramassant des feuillets épars avec une lenteur que je devine étudiée. Tu paries que c'est elle qui les a volontairement éparsifiés pour avoir motif à s'attarder ?

Je m'assieds sur le coin de la table, une jambe ballante et essaie de mater dans son décolleté, mais je peux circuler : y a rien à voir.

– Ça y est : ils sont partis, lui dis-je, vous pouvez ramasser la fin de vos notes.

Elle dresse vers moi un joli visage où s'attardent encore certaines « ingratitudes » de l'adolescence. Il est rouge de confusion. Je lui cligne de l'œil. Ça la détend et elle me sourit.

– Si vous êtes restée ici, c'est parce que vous avez quelque chose à me dire, ou à me demander, fais-je. Alors, je vous écoute.

La voilà debout, son porte-feuillets garni sous le bras. Elle range son stylo (à encre) dans son sac bandouliard.

– Vous êtes perspicace, murmure-t-elle.

– Fatalement : flic-chef ! Vous travaillez pour quelle maison ?

Redevenant jeune fille B.C.B.G., elle se présente :

– Marie-Laure Pontamousson, de *Libé*.

– Vous écrivez à l'encre? C'est très bien; le stylographe est en voie de disparition, comme les bas des femmes.

– Je porte des bas.

– Vous avez droit, en ce cas, à ma profonde reconnaissance, Marie-Laure. Si vous ne m'inspiriez pas un instinctif respect dû à votre jeunesse, je vous réclamerais la preuve de ce que vous annoncez.

Elle sourit encore et une lueur amusée passe sur son frais visage.

– Merci de cette dispense, fait-elle.

– Bon. Qu'aviez-vous à me demander?

– Ça concerne bien entendu l'affaire; vous nous avez caché des choses.

– Allons donc! gouaillé-je, mal à l'aise.

– Avant de venir à la P.J., je me suis rendue sur les lieux, avenue George-V, avec les confrères. On nous a refoulés, évidemment. Alors j'ai eu l'idée d'aller au restaurant d'en face et j'ai appris que vous y avez dîné hier en compagnie de votre maman. Ce devait être à peu près au moment de la tuerie. Coïncidence?

Chapeau pour la gosse! Je la sens plutôt bien barrée dans le journalisme, la Marie-Laure.

– Vous n'allez pas me pomper l'air avec ce mini-scoop, ma gentille? Je sais qu'il plairait à votre rédac-chef; seulement il risquerait de me flanquer des bâtons dans les roupettes. On devrait plutôt conclure un marché : écrasez-vous sur cette info qui, franchement, ne va pas loin et je vous renvoie l'ascenseur en vous tenant au courant de la progression de l'enquête. Correct?

Elle hoche la tête.

– Mes collègues blanchis sous le harnais prétendent qu'une promesse de flic ne vaut pas tripette. Pardonnez-moi : je ne fais que répéter leurs paroles.

Moi, tout comme l'exquis Jean Giraudoux, « j'aime les jeunes filles et la province », mais à condition que les jeunes filles soient *cool* et la province pas trop chiante.

Je mets ma main impaternelle sur les épaules de la môme.

– Écoute, petite fille, moi aussi je vais te donner un bon conseil : Tu te ramasses avec tes bas sexy et ton stylo à encre et tu cours continuer ta carrière sous d'autres cieux.

« Vois-tu, ma poule, dans ton job, faut savoir négocier, piger où est le moindre mal et où sont les avantages. Fonce à ton journal et propose la manchette suivante : « Tuerie de l'avenue George-V. Le directeur de la P.J. dînait au restaurant d'en face pendant qu'on assassinait trois personnes », tu auras ton petit succès.

Je la plante là, écarlate, médusée, pour rallier mon P.C.

Le gars Jérémie m'y attend. Plus du tout sapé en guerrier de la tribu des Gouzy-Gouza, mais en bleu croisé de chef d'entreprise.

– La fête est terminée? ricané-je.

– Pour moi oui, mais elle continue pour les invités.

– Tout ce bigntz parce qu'on a coupé un bout de peau à ton petit dernier! Qui l'a circoncis, au fait?

– Un cousin de Ramadé qui est coiffeur dans le dix-huitième!

– Ben voyons : il sait manier le ciseau!

– Du nouveau pour l'AFFAIRE?

C'est devenu un vrai poulaga, M. Blanc. Le boulot le mobilise. Il aurait très bien pu prendre quarante-huit heures de congé pour circoncire son bamboula, mais j't'en fiche : le turbin avant tout.

Je le mets au courant des dernières infos relatives au triple meurtre. D'un accord commun, nous montons chez nos confrères de l'Identification où l'inspecteur Larigot s'affaire à recréer des frimes sous les directives du taximan chinois.

La sagesse du commissaire Honnissoit a été de laisser opérer celle de Pétsek, bien que nous disposions de l'original, ainsi pouvons-nous apprécier la fidélité descriptive du Jaune, car le portrait qui en résulte est ressemblant à quatre-vingts pour cent.

Je réclame plusieurs jeux d'épreuves des deux autres mecs et enjoins au préposé de les faire diffuser « force 5 », ce qui revient à dire que, dans quelques plombes, tous les archers de France en seront pourvus. Je veux le tout grand hallali. Principalement dans les aéroports et dans les gares. Communication du dossier à Interpol, surveillance exceptionnelle des frontières devenues passoires! Les hôtels aussi doivent se mettre sur le pied de guerre. Les agences de location de bagnoles, les stations d'essence! Un dispositif d'exception, te dis-je! Si les deux criminels sont encore sur le territoire français, IL FAUT coûte que coûte les retrouver. Un point d'honneur pour moi.

Pour moi, que ces salauds ont mêlé à leur sale combine avec une impudence qui me fait friser les poils des bras!

Je retourne à mon burlingue, après avoir chargé Jérémie d'aller voir où en est de ses recherches la cousine-maîtresse de Mathias.

Surprise! Assise à côté de la double lourde de mon antre, sur une banquette de bois cirée par le frottement de cent mille paires de fesses, la petite Marie-Laure Pontamousson, sage comme une étudiante attendant son tour de passer l'oral!

Elle vient faire amende honorable, sa mine contrite l'avoue d'emblée.

– Entrez! fais-je.

Je m'efface. Elle pénètre dans le saint des saints, fortement intimidée. Quand j'ai relourdé, je me tourne face à elle. Putain! Ce qu'elle est choucarde, cette frangine. Une odeur boisée se dégage d'elle.

– Tu as réfléchi, Moustique?

Elle opine. Elle me fait penser à Marie-Marie quand elle avait son âge, il y a quelques années... A l'époque où elle ne portait pas encore sur sa frimousse les déceptions que je lui ai infligées. La vie est râpeuse, si tu savais. Même quand on adore les gens, on les écorche en se frottant à eux. A présent, ma gisquette est devenue une femme d'action, d'autorité; quelqu'un à qui on ne la fait plus!

Je saisis Marie-Laure (tiens: Marie aussi!) par le cou.

– Tu me fais penser à une petite fille que j'ai bien aimée, je balbutie.

– Et qui devait vous adorer?

– Comment le sais-tu?

– C'est facile à comprendre quand on vous approche.

Je pose ma bouche sur la sienne afin que la vie continue d'être un éternel recommencement. Elle accepte mon baiser. Je retrouve les lèvres de Marie-Marie. Un coup d'intense émotion me poignarde l'âme. Au lieu de lui bouffer la gueule et de couler ma main soudarde entre ses jambes, je continue de caresser sa bouche de la mienne, comme quand on aime vraiment, qu'on aime d'amour, qu'on aime de cœur. Son souffle tiède me grise. Je la presse contre moi. On fait « l'île ». Ça veut dire qu'il n'y a plus que nous deux, pour un laps de temps fugace. Nous deux, comme Antoine de Caunes avec son chien, jadis, sur son îlot perdu.

On reste un bout, ainsi. Vertige contrôlé. L'instant

de rémission accordé par le destin, au tournant des jours grondants. Refuge.

Et puis ce con de M. Blanc se ramène. On se désunit. Fallait bien! Rien ne dure. Tu vois des gens, en pleine forme, tu les salues joyeusement: « Bonjour! » « Bonjour! » Tu les revois plus tard : ils sont vieux. Et tu ne les revois plus : ils sont morts! Si tu as du pot, tu fais des croix sur tes relations dans ton carnet; si t'en as pas, c'est elles qui en font une sur toi.

Et t'as envie de la Légion d'honneur, Ducon? Santé!

Je les présente d'un ton absent.

Le grand primate des Gaules tient un fourre bleu contenant divers papelards. En présence de la gosse, il n'ose m'en parler.

– Tu peux dire devant Marie-Laure, fais-je.

Haussement de sourcils de l'ancien cueilleur de noix de coco. Son regard semble déclarer : « Oh! oh! Ça commence et c'est déjà si grave! Mais qu'est-ce qui te prend, Tonio? »

Sans piper, il me présente le dossier.

Je sors une fiche anthropométrique au nom de Hans Scheunburger, sujet de l'Allemagne de l'Est, qui appartint à la Bande à Bader. Spécialiste des attentats à la bombe. Il a participé à une foule d'actions retentissantes en Europe: Italie, Allemagne, France, Angleterre, et il est soupçonné de beaucoup d'autres coups sanglants. La photo qui est jointe correspond à l'un des deux portraits-robots et, là encore, la ressemblance est frappante.

– Beau travail, dis-je. Elle est efficace, la souris de Mathias.

Je présente la fiche à Marie-Laure.

– Je tiens mes promesses, lui fais-je. Voilà l'identité de l'un des assassins, *Libé* va en avoir l'exclusivité.

Tu la verrais déballer son paquet de notes, Ninette! Elle a la main qui tremble en écrivant.

Ensuite elle se sauve.

– Tu es malade, ou quoi? demande sévèrement Jérémie. Avant que nous ayons pris la moindre disposition, tu refiles le scoop à cette punaise! Mais le cul passe donc avant tout, pour toi!

– Il ne s'agit pas d'une affaire de cul! réponds-je. En tout cas, pas encore!

La fraîche odeur de la petite reste dans mon pif, tout en haut, près des sinus.

CHAPITRE V

DÉPLAFONNER : *opérer le déplafonnement.*

J'ai dû te le dire. Dans les cas graves, je dors à la Grande Cabane. Une façon de rester sur le pied de guerre. En me privant de mon *home* (ô maison de ma mère, ô ma maison que j'aime), j'ai l'impression de continuer l'enquête. Alors je couche dans le minuscule studio que le vieil Achille a fait aménager près de son burlingue. Seulement lui c'était pour s'y faire mâcher le gland par des demoiselles Zouzou hautes de jambes mais basses de moralité.

Malgré l'adjonction d'un aérateur, il y fait chaud, aussi je dors en slip. L'endroit porte à la volupté, à cause de la feutrine bleue dont les murs sont tendus, des gravures « malicieuses », du canapé-lit recouvert de velours pourpre. Le tout fait un peu bordel chic et de là vient sa capiteusité. Après avoir lu cent pages de *Verbatim*, le dernier pavé de Jacques Attali consacré à l'action mitterrandienne, j'ai fini par sombrer dans les vapes.

M'man a été très déçue que je ne rentre pas, non seulement à cause de son bœuf en daube, mais parce qu'elle avait préparé une tourte aux herbes comme t'en as jamais bouffé depuis le Moyen Age. Je l'ai consolée comme j'ai pu.

Et donc je roupille, lorsqu'on sonne à la porte de mon burlingue. Illico debout, M'sieur l'dirluche! L'heure? Deux plombes vingt.

Je vais délourder, le slip proéminent du devant, car je bénéficie chaque nuit d'érections intéressantes.

C'est Ange Honnissoit, commissaire de son état (et dans tous ses états). Il a le regard bouilli par l'insomnie et la fatigue; son costume de gabardine caca d'oie est plus fripé que du papier cul en fin d'exploitation et son estom' gargouille de famine comme l'écoulement d'une chasse d'eau dans un hôtel de passe.

– Ça y est! me dit-il dans un râle d'orgasme.

– Vous les avez retapissés? deviné-je-t-il avec cette sagacité qui n'est pas le moindre de mes dons.

– Ils sont dans un relais-château de la Vallée de Chevreuse.

Puis, sans crier gare (mais pourquoi crierait-il gare?), il fait, me désignant quelque chose à l'extérieur :

– C'est quoi, ça?

Je penche ma tête d'intellectuel surmené à l'extérieur et, tu sais quoi? Écoute, les bras m'en tombent (mais pas encore le paf) : Marie-Laure Pontamousson, endormie sur la méchante banquette, la tête contre son sac-besace.

Spectacle émouvant! Gracieux, aussi!

Mon examen la réveille. Elle manque tomber. Me voit et me sourit. Puis cesse de me sourire en avisant la hallebarde qui tend mon kangourou. Je réalise, essaie de voiler le plus gros de mes deux mains et la prie d'entrer.

La scène peut se décomposer de la façon suivante : dans la Grande Crèche, le directeur, en slip de bandaison, masquant icelle comme il peut (mais il a plus grande queue que grandes mains) et s'effaçant pour laisser entrer dans son bureau prestigieux une péronnelle chiffonnée, dont la jupe s'est retroussée pendant son somme sur le banc, ainsi qu'un commissaire dynamique mais épuisé.

– Prenez place, leur fais-je en allant passer une robe de chambre qui appartint au Vieux et pourrait être celle d'un Roi mage (bleu nuit, parements dorés, ceinture aux extrémités pomponneuses).

Avant toute chose, je demande à Marie-Laure ce qu'elle fait dans mon antichambre à cette heure qui défie toute concurrence.

– J'ai su que vous dormiez ici et ne voulais pas vous manquer à votre réveil.

Un qui se demande (et se répond) quelles sont mes relations avec la fille, c'est le brave Honnissoit.

– Explications? fais-je ex abrupto.

Elle ouvre sa besace et en sort une coupure de presse.

– J'ai pensé que cette photo d'archives pouvait vous être utile. Toute la soirée j'ai compulsé la collection de mon journal.

L'image représente Antonin Pétsek, l'homme étranglé chez le colonel Lemercier, face à un autre bonhomme aux cheveux drus et blancs; il se tient au côté d'un troisième personnage qui n'est autre que mon ami Bruno Masure, lequel est coiffé d'un écouteur. Des micros dressés forment un parterre de tulipes métalliques entre les trois. Le titre du papier escortant la photo : « Le Professeur Anton Raspek, prix Nobel de physique est à Paris. » La légende : « Le Professeur Anton Raspek, de la Faculté de Prague, s'est arrêté à Paris, en rentrant de Suède où son prix Nobel de Physique lui a été remis par le roi Charles XVI Gustave. Le voici interviewé par Bruno

Masure accompagné d'un journaliste tchèque qui lui sert d'interprète[1] ».

J'opine.

– Bravo, petite! De quand date cet article?

– L'an dernier.

– Et qu'est-ce qui vous a incitée à le chercher?

– En voyant la photo de Pétsek, cela m'a dit quelque chose.

– De là à explorer des quantités de journaux périmés...

– Un journal n'est jamais périmé, assure avec sagesse la douce enfant. Cela dit, ce qui a déclenché ma mémoire, c'est un détail. Malgré sa calvitie avancée, Antonin Pétsek possède une mèche blanche audessus de la tempe droite.

– Exact, convins-je, en délivrant le cliché à Honnissot.

La petite poursuit :

– Papa a la même, presque au même endroit : quand j'ai vu sa photo, à l'époque, cela m'a frappée, voilà pourquoi je me la suis rappelée. Une succession de flashes! Les souvenirs sont comme des dominos en ligne, quand on en pousse un, tout les autres suivent.

Elle sourit. Je lui boufferais la gueule, à cette chérie. Ma branche d'abricot est encore plus rigide que naguère, sous la soie de la robe de chambre. Ça m'a toujours fait goder, la soie à même la peau!

– Bon, alors? attaqué-je, tourné vers le commissaire.

D'un hochement de menton ponctué d'une œillée éperdue, il me rappelle la présence de la journaliste.

– Vous pouvez parler devant Mlle Pontamous-

1. Bruno Masure ne parle couramment que le san-antonien moderne. Sinon il pratique correctement la langue fourrée et balbutie un peu d'anglais pour son usage personnel.

son, dis-je, j'ai un contrat avec elle; comme vous venez de le constater, nous marchons la main dans la main tous les deux.

Ainsi relevé du secret professionnel, Ange me raconte que nous venons de jouer de bonnechance [1]. Ce qui s'appelle le « coup de bol insolent ». Je te raconte? Tu sais les portraits-robots? Figure-toi que notre imprimeur était invité à dîner hier soir par un éditeur au *Relais du Val Fleuri*. Comme il achève de déposer sa bagnole au parking de l'hostellerie, voilà une BMW noire qui se range à côté de la sienne et deux mecs en descendent. Le bon imprimeur croit avoir une hallucinance en reconnaissant les gars dont ses ouvriers ont imprimé la gueule dans l'après-midi.

Il s'attarde, les suit. Les deux mecs ont un baise-en-ville chacun. Ils se pointent à la réception où ils ont dû téléphoner pour retenir des chambres car on les conduit illico à deux piaules communicantes. L'imprimeur qui bosse beaucoup pour nous et connaît nos méthodes, ne moufte pas mais bigophone à la P.J., service du commissaire Honnissoit, qui mieux est, puisque c'est pour ce dernier qu'il a eu à imprimer l'avis de recherche.

Des hasards pareils, il s'en produit plus souvent que le public ne l'imagine, sinon la Rousse n'obtiendrait pas beaucoup de résultats positifs!

Ange conclut :

– J'ai dépêché les inspecteurs Geoffroy Homiche et Franck Audeport qui sont des éléments à toute épreuve. Ils m'ont confirmé l'exactitude du tuyau. Il s'agit bel et bien de nos deux meurtriers. Ils ont pris un repas délicat dans leurs chambres, ont regardé la télévision jusqu'à une heure, et se sont couchés. Je propose d'envoyer des renforts là-bas et de les serrer à l'heure légale, monsieur le directeur.

1. Par opposition à Malchance. T'es con, mais tu l'auras compris.

– O.K. pour la première partie de votre programme, Ange, mais vous voulez que je vous dise, en ce qui concerne l'heure légale?

– Mon cul? croit deviner Honnissoit qui connaît parfaitement mes méthodes.

– Vous venez de gagner le gin-tonic que vous allez nous servir pendant que je cours m'habiller. Le bar est sous le Larousse en vingt volumes.

– O.K., patron. Chargés, les gin-tonic?

– Non, Ange : dosés! Moitié gin, moitié tonic.

Honnissoit se lève pour procéder.

Moi je me rends dans le minuscule cabinet de toilette attenant au studio. Rasage électrique rapide, toujours être nickel quand on va livrer l'assaut. Vois les saint-cyriens, en quatorze : ils enfilaient leurs gants blancs pour partir à l'attaque.

Lorsque mes joues sont devenues peau de pêche, je ressors. Et elle, encore! La Marie-Laure! Debout dans la chambrette.

– Vous commencez à me considérer comme de la seccotine, non? demande-t-elle.

Je m'en tire par un sourire indéfinissable.

– Vous allez faire le siège du relais? me demande-t-elle.

– Tu devines tout, petite fille!

– Vous m'emmenez avec vous?

– Dis, ça va, la tronche? Tu imagines un peu tes confrères, si tu ramassais une balle perdue! J'aurais plus qu'à aller vendre des moules à Tamanrasset!

– Votre carrière vous préoccupe davantage que ma vie, note l'Adorable.

– Tu veux l'étrenne?

– Comment?

– Ton père ne te l'a jamais fait quand tu étais petite? Un papa qui vient de se raser accorde « l'étrenne » à sa petite fille en se faisant embrasser!

Elle me donne l'étrenne.

Sur la joue.

Je la lui rends.

Sur la bouche.

Ça doit venir de mon odeur d'homme à poil qui la chavire : elle se plaque contre moi étroitement, si fort que de la pointe du nœud, je caresse sa chattounette à travers l'étoffe de la jupe.

Bon, bien sûr qu'on va arriver à l'inévitable, seulement nous ne sommes pas seuls et y a école!

CHAPITRE VI

> **ÉPANCHER :** *laisser déborder ses sentiments avec confiance.*

Il n'est pas loin de quatre plombes quand nous atteignons le *Relais du Val Fleuri.* L'endroit est bucolique, près d'un ancien moulin à eau, donc au bord d'une romantique rivière. On perçoit un murmure de cascade, des cris d'oiseaux de nuit, le léger froissement des branchages agités par la brise. Lamartine en chierait dans son froc et se cognerait un rassis en attendant sa pétasse, comment qu'elle s'appelait déjà ? Elvire, non ?

On ne distingue, en fait de lumières, que les veilleuses bleues des couloirs, et puis celle, orangée, de la réception.

Honnissoit dispose d'un talkie-walkie et pendant le trajet est resté en contact permanent avec l'inspecteur Homiche. Ce dernier assure que « tout baigne » ; mis à part une secrétaire de direction qui est en train de prendre son pied pour la troisième fois avec ses patrons, et qui gueule comme toute une maternité, le relais-château est peinard.

– Vous avez neutralisé la BMW des « clients » ? questionne le commissaire.

– J'ai ses bougies dans ma poche, commissaire.

– L'arrière de l'hôtel ?

– Craquelouise et Pudube s'en occupent.

– Vous venez déjà de gagner une boîte de Le Chat compact aux agents bioactifs! complimente mon jeune chosefrère qui cherche à imiter mon langage mélodieux.

A peine sommes-nous stoppés qu'un grand à tronche épaisse (ça vient de son bas de caisse : il y a vingt centimètres entre sa lèvre inférieure et la pointe de son menton) sort de derrière une haie de troènes. C'est Franck Audeport, le partenaire de Geoffroy Homiche. Il a quatre enfants biodégradables qu'il élève avec sa belle-sœur, (son épouse ayant mis les adjas en compagnie d'un régleur de pirogues ougandin), une automobile Renault de faible cylindrée, trois costumes, dont un moins fatigué que les autres, un F 4 à Ivry-Ville, dans le petit cimetière de laquelle, quoi qu'on fasse et quoi qu'on efface, le vent qui passe, aux gens qui passent, dira toujours un nom : Gabriel Péri.

Il sent le cervelas vinaigrette, Audeport, mets dont il se nourrit presque exclusivement et qu'il enrichit de tranches d'oignons excédentaires. L'un de ses yeux est couvert d'une taie sur la cornée, ce qui désoblige son regard.

Il me salue quasi militairement.

– R.A.S.! nous déclare-t-il (d'ailleurs).

Honnissoit se tourne vers moi :

– Que décidez-vous, monsieur le directeur?

– Moi? Rien, fais-je. C'est vous qui conduisez l'enquête, mon cher Ange; je ne suis ici qu'en qualité de spectateur.

Il a un sourire teinté d'épouvante.

– Vous êtes trop homme de terrain pour qu'on puisse décider en votre présence d'une action, monsieur le directeur.

Je lui frappe l'épaule.

– Eh bien! faites comme si j'étais absent!

Résigné, il s'incline devant le caprice du grand chef.

– Transmettez aux autres les directives suivantes, Audeport : silence, discrétion, souplesse. Pas d'effusion de sang, surtout! Craquelouise et Pudube resteront à leur poste sous les fenêtres des deux hommes, à l'arrière de l'hostellerie, prêts à intervenir s'ils tentaient un départ précipité de ce côté-là. Vous avez la clé de l'hôtel?

– Affirmatif, commissaire.

– Le numéro de leurs chambres?

– 114, 116, commissaire.

Honnissoit apostrophe le chauffeur qui nous a drivés jusqu'à pied d'œuvre :

– Sortez le matériel du coffre, Bourrelœil!

– Tout de suite, commissaire!

– C'est passionnant! chuchote Marie-Laure à mon oreille. Ce que vous êtes gentil de m'avoir acceptée!

Je lui flatte légèrement la croupe, histoire de lui rappeler que tout a un prix dans l'existence et qu'un de ces quatre je lui présenterai ma facture.

Le « matériel » amené par Ange Honnissoit consiste en deux mitraillettes marque « Élégance » de chez Ponchaud et Villas, de quelques grenades à gaz soporifique et d'un pied-de-biche qui te permettrait de craquer un coffiot de la Banque de France!

Adossé à la voiture, ma main à la taille de Marie-Laure, je contemple ce déballage avec intérêt.

– Voilà ce que je compte faire, me dit Honnissoit.

Et comme j'ai un petit geste négateur de la main, il s'emporte :

– Laissez-moi au moins vous exposer mon plan, monsieur le directeur! Si nous étions dans votre bureau, vous seriez le premier à m'en parler!

Il a raison, je l'admets; un chef qui n'admet pas ses torts braque ses subordonnés contre lui.

– Geoffroy Homiche restera dehors, sur la façade

principale du *Relais*, en couverture, comme les deux autres de derrière. Je monte à leurs chambres en compagnie de Bourrelœil et de Franck Audeport. Bourrelœil qui est fort comme un taureau... (hennissement d'orgueil du taureau mentionné, qui n'est pas à ça près) enfonce l'une des portes, poursuit le commissaire, et je lance deux grenades à gaz dans la chambre, les obligeant ainsi à sortir. Nous les cueillerons alors, et s'ils regimbent, nos mitraillettes les inciteront au calme. Qu'en dites-vous?

Je lui souris.

– Cher commissaire, ce plan d'action conviendrait peut-être pour serrer Jo-le-Stéphanois et Martin-la-Vache qui seraient en cavale. Mais là, vous avez affaire à des orfèvres, que dis-je, à des diamantaires du crime. Rappelez-vous les trois macchabées de l'avenue George-V! Ces trois êtres supprimés avec un sang-froid machiavélique. Nos clients du *Relais* sont les individus les plus dangereux de la création, des terroristes endurcis, éduqués, entraînés, parés pour affronter les pires situations. La porte ne serait pas enfoncée que la riposte viendrait et ce d'une manière que vous ne soupçonnez pas! Vous vous feriez étaler comme des lapins au cours d'une battue en Sologne! De plus, songez qu'il y a « deux chambres » et qu'elles sont communicantes : vous ne comptez pas défoncer deux portes simultanément? Si?

Un peu penaud, Honnissoit. Pratiquement taxé d'incapacité devant deux de ses hommes et une ravissante petite journaliste, il l'a à la caille.

Il opine bassement. L'instant est venu de refiler un peu d'oxygène de bonne qualité dans ses poumons poisseux de honte.

– Cela dit, je salue votre courage, mon cher : décider de balancer vous-même les grenades est une décision d'homme qui possède des couilles grosses comme des melons d'eau, bravo!

Resoleil dans son cœur!

Je poursuis :

– La seule manière de cueillir ces deux criminels, c'est de les sauter par surprise, Ange! Par « surprise » et point à la ligne. Il faut qu'ils sortent d'EUX-MÊMES. Ne leur faites pas le coup du garçon d'étage, ça ne prendrait pas!

– Alors? Attendre le jour?

– Non, car il y aura trop de trèpe dans l'établissement, pour peu qu'ils s'offrent une grasse matinée.

Il hausse ses fortes épaules, vaincu par son manque d'imagination.

– Le taulier est prévenu, je suppose?

– Il a bien fallu.

– Il a un téléphone privé?

– Je le lui ai demandé.

– Sage précaution.

Il me communique le numéro et je pénètre dans la voiture qui comporte un bigophone. Le patron de l'établissement ne doit pas roupiller, en cette veillée d'armes, car il décroche illico.

– Ici qui vous pensez, dis-je. Pouvez-vous m'indiquer le numéro des chambres qui sont situées pile au-dessus de la 114 et de la 116?

Il n'a pas à réfléchir :

– La 214 et la 216, pardine!

– Je suppose que les salles de bains également, sont superposées?

– Bien sûr!

– Vous devez bien avoir des outils dans votre établissement.

Crainte spontanée du gars qui a les flubes pour sa crèche.

– Pour quoi faire?

– Rien d'important. Alors?

– Nous avons un atelier contigu à nos garages privés, mais il est fermé à clé.

– Aucune importance, cher monsieur.

– Je dois faire quoi?

– Rester sagement au lit et attendre en caressant votre épouse. Je ne veux voir personne dans les couloirs.

Je raccroche.

– Attendez-moi tous ici! recommandé-je à mes surbordonnés.

Honnissoit s'inquiète :

– Vous ne voulez pas que quelqu'un?...

– Rien! Je vais chercher ce qu'il me faut dans le bâtiment annexe que vous apercevez en bordure du potager, ensuite je pénétrerai dans l'hostellerie pour y faire quelque chose. Lorsque je serai entré, vous compterez cinq minutes, puis vous irez vous poster devant la 114 et la 116, les mitraillettes prêtes. Rappelez-vous bien ce que je vais vous dire : si ces deux salauds ne lèvent pas immédiatement les mains, tirez! Car alors ce sera eux ou vous. Marie-Laure : vous écouterez le chant des rainettes dans le parc, en attendant que ça se passe. On s'est tous compris?

Ils approuvent le chef, du chef!

Je suis le plombier bier bier bier bier.
C'est un beau métier!

Tu parles, Pierrot! T'as déjà dévissé une tuyauterie datant de la Belle Utérus, toi? Faut de l'huile de coude, mec! Et surtout la technique. C'est ça qui me manque le plus, la technique, d'autant que je suis maladroit de mes mains comme un escargot!

Heureusement l'outil que j'ai dégauchi dans l'atelier est du genre monumental : mâchoire de caïman, chaîne à crémaillère, manche de quatre-vingts centimètres. J'ai dévissé le siphon de la baignoire (laquelle est heureusement d'époque, donc aisée d'accès).

Ensuite, j'ouvre en grand les robinets de ladite. L'eau qui sort de la bonde s'écoule dans une cavité plâtreuse dont elle aura vite raison. Lorsqu'elle l'a emplie, elle se répand dans la salle de bains. Je me grouille d'en sortir et, avec les serviettes dont je me suis muni, je tente de calfater la porte ; sans grande illusion, certes, mais ça endigue tout de même un peu.

A présent, ne reste qu'à attendre. La flotte, c'est un fléau de première instance. Elle investit tout, se faufile partout. Dans un laps de temps plus ou moins long, mais que je limite à un quart d'heure, elle s'écoulera à l'étage au-dessous, c'est-à-dire dans la salle de bains d'un des types. Ils ne pourront pas ne pas entendre et iront mater ce qui se passe. Dans les vieux châteaux rebectés, ce genre de petite catastrophe est fréquent.

Constatant le sinistre, que feront-ils ? Tu vois, ici j'adopte le style des feuilletonistes du siècle dernier, dans lesquels tu trouves des phrases telles que :

« – Pourquoi Hervé de la Grosse Veine Bleue avait-il impérativement besoin de deux cents francs ?

« – Nous allons le savoir. »

Ça s'appelait « tirer à la ligne ».

Moi qui suis au forfait, quand je recours à un tel procédé, c'est uniquement pour amener la progression dramatique de mon récit.

Je reprends donc, imperturbablement :

Constatant le sinistre, que feront-ils ? Pas trente-six soluces, mec. Ils feront ce que fait tout client d'hôtel en présence d'un tel pépin : ils alerteront la réception, à savoir, le concierge de nuit. Et que fera alors ce dernier ?

Il viendra évaluer le désastre avant de prendre les dispositions qui s'imposent. Conclusion : mon couple de meurtriers lui ouvrira la lourde et c'est alors qu'Honnissoit et ses joyeux drilles se rueront à l'assaut de Fort Alamo.

Bravo, San-Antonio, c'est toujours toi le génie de la Rousse!

Ils sont en poste, les trois lascars. Honnissoit accroupi dans l'angle formé par une énorme commode (de style Louis XIV, mais d'époque mitterrandienne), sa sulfateuse braquée sur la lourde du 116. Bourrelœil est contre le mur, près de la porte du 114, la deuxième seringue en pogne. Il n'aura qu'une volte de 45 degrés à exécuter pour cadrer l'entrée quand la porte sera déponnée. Le troisième péone, l'homme au menton en sabot de mareyeur, est dans un embrasement de fenêtre, comme dit Bérurier, dont l'absence me chagrine.

Rassuré, je sors mon camarade Tu-tues de sa gaine de cuir pour l'enfoncer dans mon pantalon, ce qui donne deux canons de fort calibre superposés.

Lorsque j'atteins le bas de l'escadrin, qu'asperge à l'autre bout du couloir? Miss Pontamousson, assise dans une chaise à porteurs placée là pour décorer l'entrée du hall. Ce très ancien mode de locomotion fait mouiller les clients : ils admirent le garnissage de soie rose, les rideaux à pompons, la délicate banquette, les portes peintes de motifs gracieux. Moi, dans une chaise à porteurs, je ne vois que les brancards qu'on a retirés pour cause de malgraciance, et j'imagine les deux valetons en livrée-carcan qui se coltinaient la viande du seigneur ou de sa moukère. Un jour, en Chine, j'ai frété un pousse-pousse à vélo que tractait un coolie gras comme mon petit doigt et j'ai eu tellement honte de laisser tirer mon tas de tripes par un autre homme que j'ai récité une chiée de *Pater* ensuite, pour implorer le pardon de Dieu qui, Lui, S'est coltiné Sa croix à pincebroque, coiffé d'une couronne d'épines et stimulé par des coups de fouet!

Je ressens une remontée de rogne en constatant que la petite journaleuse a enfreint mes instructions.

Inconscience ou témérité ? Les deux, mon colonel ! Elle veut en être, cette greluse. Coûte que coûte ! Dans un sens, c'est chouette, non, une fille courageuse quand on pense à tous les faux durs, rouleurs de mécaniques qui défèquent dans leurs braies sitôt qu'un berger allemand vient renifler le bas de leur grimpant ! De loin, je la sermonne avec l'index. Elle m'adresse, depuis son chèque au porteur, un petit geste désinvolte qui doit vouloir dire merde, mais gentiment.

Dans le silence, je tends mon oreille de Comanche-à-couilles. On perçoit nettement le ruissellement de la flotte dans la salle de bains. Il est impossible que deux gars sur le qui-vive ne l'entendent pas. Ils vont réagir d'une seconde à l'autre.

Pourtant, le temps s'écoule aussi vite que l'eau et rien ne se passe. Tu ne trouves pas ça bizarre, Balthazar ?

Honnissoit et moi échangeons des regards de vaches surprises par le retard du T.G.V. sur les plateaux bourguignons. J'aime quand mes prévisions respectent le programme.

On continue d'attendre encore, qu'à force un ruisselet de rincette se met à filtrer sous l'huis. Il s'accroît, importencie, s'étale. Je vais tout de même pas lui carboniser son hôtel au taulier du *Relais du Val Fleuri* ! En faire la Venise de l'Ile-de-France.

Les œillades d'Honnissoit commencent à se faire doucettement ironiques, et, très peu après, sardoniques. Il se dit, le jeune commissaire, que le superman de la Rousse, avec ses bricolades à la Bibi Fricotin, a le bonjour d'Alfred.

Je gagne la chaise à porteurs, la délourde en tatillant, biscotte c'est un peu branli-branlant comme véhicule. Ma Mercedes 600 SL est bougrement plus costaude.

– Dites-moi, chère marquise, chuchoté-je, puisque

vous faites Verdun avec nous, je peux vous demander un service?

Ses adorables yeux brillent de plaisir.

– Vous toquez à la porte du 116. Vous déclarez que vous êtes une femme de chambre et qu'il y a une rupture de canalisation à l'étage au-dessus. Prenez un ton de gourde surexcitée si vous le pouvez, et surtout ne demeurez pas face à la porte pendant que vous parlerez car cela pourrait avoir des conséquences très abominables.

Elle opine (très bien d'ailleurs), et file au niveau de la porte, mais demeure de côté, protégée par le mur.

Elle joue son rôle à merveille, la Miss! Le ton est juste, les mots simples, l'excitation parfaitement rendue. Seulement, y a comme un défaut.

Je te dis? Personne ne répond. Alors là, ça commence à tourner au vinaigre d'alcool, moi je trouve. Marie-Laure insiste. Toujours ballepeau! Décidément, toutes mes initiatives se ramassent la gueule! Ça devient intolérable, un grand chef à qui les circonstances tirent un bras d'honneur de déménageur!

Je claque des doigts et fais signe à l'inspecteur de démanteler la gonde puisqu'il a été bison dans une existence antérieure.

Son régal! Il mouille et, pour un peu, se ferait une petite pogne, en camarade, histoire de décharger avant de charger.

Il a la largeur (environ trois mètres) du couloir pour prendre son élan. Le prend! S'élance! La tournante produit un craquement de goélette percutant un iceberg et bée (de stupeur). Nous fonçons d'un commun accord, Bourrelœil, Audeport et moi. Honnissoit reste en place pour couvrir la porte voisine. Quant à Marie-Laure, je ne sais pas, mais je lui fais confiance.

La chambre 114 est vide. La porte de communication avec la 116 est ouverte. Je fais signe à Audeport de visiter la salle de bains et, flanqué de Bourrelœil, pénètre dans le second appartement. Là, une surprise grosse comme l'Opéra Bastille nous attend. A première vue, la pièce semble vide, mais à seconde, on découvre une femme nue ligotée et bâillonnée sur le lit à baldaquin, tombeau de mes aïeux et nid de mes amours ! Pas mal du tout. Bien balancée, un peu forte en meules, mais je déteste pas quand c'est pour rentrer et non pour sortir en ville. Elle est liée si serré que ses chairs violacisent. On lui a collé sur la bouche un sparadrap large comme une main qui affecte aussi sa respiration nasale, ce qui fait que la malheureuse est à cinquante mètres à peine de l'apoplexie galopante.

On la détache, on la débayonne (comme le jambon). On lui sert un verre d'eau minérale. Je crie à mes soudards d'aller appeler la direction afin de stopper cette inondation inutile.

Puis, à la femme :

– Où sont les deux types qui logeaient ici ?

Elle est commotionnée, la chère femme. Vraiment belle, par-devant comme par-derrière. Vaguement épaisse, ce qui fait que t'as de la main quand tu l'escalades. Son regard qui fut fardé est barbouillé : du noir, du rouge, du bleu se sont délayés. Elle porte une plaie au flanc, causée dirait-on par une lame effilée, mais qui ne semble pas très profonde. Apercevant Marie-Laure qui nous a rejoints, elle lui fait signe d'approcher. La petite Rouletabille de *Libé* obtempère. L'autre lui chuchote quelque chose.

– Elle a besoin de la salle de bains ! me dit ma coéquipière d'une nuit.

Elle soutient la femme jusque dans le local immergé. On patauge dans la limonade à présent.

Quand Marie-Laure revient, elle nous dit, sombrement :

– Elle a été violée et a besoin de... de faire un peu de toilette.

Nous comprenons parfaitement et une grande gêne masculine nous fait évacuer la chambre.

Maintenant ça effervesce dans le landerneau, biscotte l'inondation. Le dirluche, lui, les expéditions policières nocturnes, il les remercie beaucoup, tout le plaisir sera pour lui. S.O.S. plombier, la lyre... Bon pour la renommée de sa taule! Tu penses que les pédégés en puissance de maîtresse iront tirer leurs conquêtes en des lieux moins lacustres et plus tranquilles!

Nous nous rabattons sur un salon d'étage qui ne sert probablement jamais.

Ange Honnissoit ressemble à un zombie, du reste il a la dégaine du dernier avec qui j'ai pris un pot.

– C'est vraiment stupéfiant! dit-il.

– Mais non, ricané-je : vos gars sont poreux, tout simplement et nos deux gredins ont mis les adjas avant que nous n'arrivions.

Franck Audeport, oubliant tout respect hiérarchique se récrie comme quoi, depuis qu'il est laguche avec sa squadra, il peut jurer sur la Bible, voire sur la grossesse intra-utérine qu'est en train de faire son ex-épouse, qu'aucun des deux bandits n'est reparti et qu'à preuve, leur putain de tire est toujours au parking!

Retour de Marie-Laure qui continue d'assister la dame violée; laquelle est décente, ayant passé un peignoir-éponge fourni par le *Relais du Val Fleuri.*

On la fait asseoir dans un fauteuil d'aspect si Louis XV que le Bien-Aimé s'en commanderait une douzaine.

Une main de bienveillance et d'altruisme lui tend un verre d'alcool dont elle absorbe deux gorgées.

Elle fond en sanglots longs comme ceux des violons de l'automne.

– Messieurs, messieurs, hoquette-t-elle, il ne faut pas que mon mari sache, je vous en supplie, ce serait la mort de mon foyer et nous avons deux enfants, dont l'un, l'aîné, est handicapé moteur. Il me croit chez une amie malade. S'il apprenait que je venais rejoindre deux hommes dans cette hostellerie, et surtout, surtout, que j'ai été violée par un troisième...

– Calmez-vous, ma gentille amie, miséricordié-je. Votre honneur sera sauf. Racontez-nous calmement ce qui vous est arrivé.

Ma voix chaleureuse et mon regard plein d'une infinie charité chrétienne la mettant en confiance, elle parle.

Ce qu'elle dit?

Il ne tient qu'à toi de l'apprendre; pour cela, il te suffit de lire les pages suivantes.

Dans l'après-midi, alors qu'elle prenait le thé dans le quartier de la Madeleine, elle a fait la connaissance d'un couple d'étrangers : des Argentins, d'apparence fortunée. Ils étaient âgés d'une trentaine d'années, très beaux, sympathiques. La conversation a vite pris un tour polisson. Ils ont dit à Maxence (elle se prénomme Maxence) qu'ils étaient des passionnés de l'amour sexuel, qu'ils la trouvaient exquise et qu'ils aimeraient partouzer avec elle.

Cette requête, la première du genre pour Maxence, au lieu de l'indigner, l'a troublée et elle a accepté de venir les rejoindre dans la soirée (quand ses enfants seraient au lit), en ce relais et châteaux réputé.

Le diable la poussant, elle s'est donc pointée, sur le coup de neuf heures. Comme elle achevait de garer sa voiture, deux hommes qui devisaient à voix basse dans l'ombre l'ont abordée. Ils lui ont déclaré sans jambage qu'ils la tueraient si elle ne faisait pas point par point ce qu'ils lui ordonneraient.

Comme preuve qu'ils ne plaisantaient pas, l'un d'eux a sorti un couteau et lui a entaillé la hanche. L'autre lui a réclamé ses clés et papiers de voiture ; elle lui a tendu son sac qu'il a gardé. Ensuite le gars au couteau l'a conduite à la chambre 116 où il l'a obligée à se dévêtir. Elle a dû subir ses assauts, comme on disait puis à l'époque où les hommes bandaient dur. Ç'a été si terrible qu'elle peut pas raconter ! Tu te rends compte ? Elle est pas prête de refaire du cheval, crois-la ! Et du vélo encore moins ! Un sadique, ce mec ! Quand il a eu terminé sa petite histoire (qui est une grosse affaire !), il l'a ligotée et bâillonnée ; après quoi il a mis les effets de Maxence, car c'est un homme mince, il a noué son carré de soie sur sa tête et a quitté la chambre.

Nous la remercions pour ce palpitant récit. Elle remet alors la gomme avec son cocu qui, sous aucun prétexte, etc. Je lui réitère ma parole de donneur qu'elle peut compter sur nous, gentlemen de la Police française. Qu'elle nous laisse ses coordonnées pour qu'on puisse la contacter discrètement, pendant les heures où son vieux est au turf, et l'inspecteur Bourrelœil, ici présent, va la reconduire à Paris. A-t-elle un endroit où trouver des vêtements avant de rentrer au logis ? Oui ? Leur villa de Montfort-l'Amaury ? Seulement elle n'a pas la clé ? Casse la tienne, Bourrelœil « lui arrangera ça ».

Elle nous quitte, « bouffie de sanglots », avec son pauvre fion défoncé par l'ignoble individu !

CHAPITRE VII

PRÉSERVATIF : *dispositif en matière souple utilisé comme contraceptif et dans un but prophylactique.*

Ce que prononce Honnissoit, après que Mme Maxence... (attends que je regarde ses coordonnées)... Devache, après que Mme Maxence Devache est partie, peut figurer parmi les répliques célèbres style : Mme Cambronne à son fils : « Mange » ; ou bien, du roi Henri III : « Tournez-moi les pages, je vous prie ».

Il dit :

– On l'a eu dans le cul, monsieur le directeur !

C'est âpre, fort et ça résume. Oh ! que ça résume bien ! Ma penauderie est telle que je n'ose regarder Marie-Laure. Comme démonstration de haute police, c'est réussi, non ? Qui qui l'a *profoundly in the babe ?* Le Santonio joli, mes sœurs !

– Ils ont fait vite pour se tirer, note Geoffroy Homiche. Quelque chose a dû leur mettre la puce à l'oreille avant même que nous n'arrivions !

– Et ils se sont bien gardés de reprendre leur bagnole, renchérit Franck Audeport.

Honnissoit mâchonne une cigarette éteinte, ayant décidé de ne plus fumer (dans la plupart des séries télévisées dont le héros est un policier, celui-ci renonce au tabac au début du film, puis craque à la suite d'une grande joie ou d'une forte émotion, respectons donc la mode).

Il résume :

– Voilà des meurtriers dangereux qui arrivent ici, s'installent, se font monter un repas et qui, brusquement, décident de foutre le camp à bord d'une automobile volée à une femme que l'un d'eux, bien qu'il soit pressé, prend le temps de violer avant de partir. Faut-il qu'il ait du tempérament !

– Oh ! nom de Dieu ! m'écrié-je, ce qui est rare chez moi car je ne profane jamais le nom du Seigneur.

Note qu'il s'agit là d'une exclamation machinale à laquelle ne s'attache aucune intention blasphématoire ! Et Dieu le sait parfaitement.

Je cours jusqu'au 116 où le personnel, réveillé en hâte, éponge, évacue, collecte à grands seaux la flotte déclenchée par ce con de Sana.

Mon cœur principal bat jusque dans ma bouche. Cela me provoque un mal grisant. Je me sens emporté par une noire volupté.

Je saisis une chaise, l'amène près du lit et m'y juche, car je suis d'un tempérament très jucheur.

Ma tronche n'est pas à la hauteur du baldaquin qu'un claquement feutré retentit et qu'une balle entame ma pommette, au risque de me défigurer !

Dare-dare, je saute de la chaise et me mets à défourailler comac un dingue à travers le panneau peint du ciel de lit représentant un couple d'amoureux en costume Louis XV dans un parc. Ils sont assis sur un banc-nacelle et le garçon à perruque apprend à sa belle comment jouer de la flûte, avant de lui coller son pipeau dans la moniche.

L'arquebuse que je me trimbale est d'un calibre qui pratique des bouches d'aération grandes comac dans les soufflets d'un quidam.

Le gars planqué arrive au bord de son piédestal pour glavioter encore des bastos. Son visage est déformé par la haine et la souffrance : sûr que je l'ai touché! Mais c'est le genre de bête fauve qui n'entend pas crever seul! Lui faut de la compagnie sur la barque à Charon! Il se laisse tomber du baldaquin et empoigne une femme de chambre maghrébine par les cheveux.

– Jette ton feu ou je la bute! me lance-t-il.

Et moi je me dis qu'une fois désarmé, j'aurai droit à une série de prunes dans le magasin d'alimentation.

Une large tache s'étale sur ses fringues à l'endroit du bide et le raisin dégouline de sous son grimpant. Décidément, cette pièce est placée sous le signe de la fuite!

– Si tu tires, t'es mort! intervient l'inspecteur Geoffroy Homiche debout dans l'encadrure de la lourde.

Le type lui colle une praline dans le cigare, aussi aisément que tu souffles la flamme d'une allumette après usage. Homiche choit en arrière, ce qui n'est jamais bon signe. Moi je ne puis dézinguer le bandit à cause de la brunette qui lui sert de bouclier.

C'est alors que j'aperçois (mais je m'efforce de ne pas mater dans cette direction pour ne pas attirer l'attention du blessé) mon brave commissaire Honnissoit qui surgit du 114.

Brusquement, il me revient qu'il a gagné le concours de tir des officiers de police, l'an passé : une belle coupe en acier détrempé que lui a remise le ministre de l'Intérieur en plus d'un discours.

Comprenant que mon adversaire va me potager la santé, je bondis sur le côté, c'est-à-dire derrière le panneau servant de pied de lit.

Les balles qui en consécutent font gueuler un valet

portugais dans sa langue maternelle laquelle, en d'autres circonstances, est assez mélodieuse.

Et puis d'autres détonations retentissent, à la voix différente des premières. Ça, c'est Honnissoit dans ses œuvres. Un bruit mat. Ne reste plus que des pleurs (ceux de la petite maghrébine) et des gémissements (ceux du valeton portugais). Je me relève. Le « baron perché » a la calebasse éclatée, une quetsche d'Ange l'ayant biché au creux de la nuque.

La femme de chambre est à la peine, et l'homme de peine va devoir garder la chambre!

Honnissoit bondit dans le couloir.

Il ne met pas longtemps à livrer son diagnostic:

– Geoffroy est mort! annonce-t-il d'un ton étranglé qui pourrait être anglais!

Assise à terre, le dos au mur, la gentille Marie-Laure qui vient de vivre son baptême du feu, tient son minois dans ses mains et des larmes coulent entre ses doigts.

Sale temps pour les libellules!

On a étendu une couvrante sur le cadavre de l'inspecteur. Ses collègues, très pâles, ne parviennent pas à parler. Plus maître de soi, Honnissoit téléphone pour réclamer toubib, ambulances et services qualifiés.

Le patron du charmant *Relais du Val Fleuri* laisse éclater sa colère. Venir abattre des truands dans sa guitoune! Faut bien être des enfoirés de poulets qui ne sont capables de s'exprimer que par la bouche d'un pistolet!

Je lui bondis sur le colback.

– C'est nous qui vous les avons amenés, ces truands, Sac à merde? C'est de notre faute si votre pince-fesses est ouvert aux meurtriers de la pire espèce? Regardez ici, l'un de nos plus brillants inspecteurs, plein de formidables états de service et d'enfants, qui commence à roidir. Je suis le directeur de la P.J. et je vais vous le faire boucler votre pince-fesses de merde!

Il part vomir aux cagoinsses les plus proches.

J'aide Marie-Laure à se relever. Elle a le regard ovale dans le sens de la hauteur.

– Je n'ai pas saisi ce qui vous a pris, tout à l'heure? murmure-t-elle. Vous nous avez quittés en courant...

– Parce que j'ai eu une illumination, ma puce. Les paroles du commissaire ont « déchiré le voile », comme on dit dans les livres d'une qualité encore inférieure aux miens. Le *timing* qui ne cadrait pas. Et aussi autre chose...

– Quoi?

– En entrant dans les chambres communicantes, après l'enfoncement de la porte du 114, j'ai vu, mais sans faire un sort à cette constatation sur l'instant, tellement j'étais pris par l'action, *que le lit n'avait pas été défait. Conclusion : les deux hommes couchaient dans celui du 116.* Alors quoi? Des homos? Ma pensée s'est élancée plus avant : et s'il s'agissait d'un couple tout ce qu'il y a d'orthodoxe d'homme et de femme? La femme se déguisant en homme? Le salaud que nous venons de neutraliser est un surdoué du crime. Non seulement il est d'une témérité absolue, mais en outre, il possède l'instinct qui avertit les types de sa trempe du danger.

« Il dormait avec sa dulcinée lorsque la « fuite d'eau » l'a réveillé. Bien trop diabolique pour couper dans la combine, il a jeté un regard par la fenêtre et aperçu nos hommes en faction. La vérité toute crue lui est apparue : ils étaient coincés. Je vais vous sortir une comparaison qui fera date : « des rats pris au piège! »; beau, non? Impossible de s'en tirer? Pour lui, comme pour les ingénieux et vaillants Français que nous avons le bonheur d'être, le mot « impossible » n'existe pas. A tout berzingue, il a échafaudé ce scénar qu'on pourrait vendre très cher à un producteur si les producteurs avaient de l'argent au lieu de dettes.

« Il ligote durement sa souris, la bâillonne, lui débite le texte qu'elle aura à dire et se cache sur le haut baldaquin de ce lit d'apparat pour tringleur de shampouineuses et de secrétaires de direction. Il sait que si sa gonzesse joue bien son rôle, ça risque de prendre. Si elle accrédite la fuite " des deux hommes " descendus à l'hostellerie, il lui suffira de se dépêtrer provisoirement de nos salades policières et de s'évaporer dans la nature pour avoir remporté la victoire. Culotté, n'est-ce pas? Mais ce sont les actes les plus téméraires qui réussissent le mieux. Il s'en est fallu d'un rien que ça fonctionne jusqu'au bout. »

La gosse balbutie :

– Vous êtes génial, monsieur le...

– D'accord, mais ne le répétez pas, ricané-je. J'attends avec impatience des nouvelles de Bourreloeil pour savoir où il aura déposé la gonzesse.

– Il faut vous soigner, monsieur le directeur, déclare Honnissoit avec autorité. Quand l'ambulance viendra chercher le valet de chambre portugais, faites-vous conduire à l'hôpital pour votre pommette.

– Pas le temps, dis-je. Rendez-moi les bougies de la BMW du couple afin que je rentre à Paris, je la donnerai en arrivant au service d'expertise. Je regagne mon bureau, vous pourrez me joindre à n'importe quel moment. Navré pour ce brave Homiche. Qui va se charger de prévenir sa famille?

– Qui voulez-vous, monsieur le directeur? soupire-t-il, les yeux pleins de larmes.

CHAPITRE VIII

KABOUL : *capitale de l'Afghanistan.*

– Où dois-je vous déposer?

Marie-Laure somnole, la tempe appuyée contre la vitre. Elle a balbutié une réponse que je n'ai pas entendue. La lumière des périphes se mêle à celle du matin, mais garde toutefois le dessus.

– Pardon? insisté-je.

Elle se rassemble un peu et répète audiblement :

– J'habite chez mes parents et je n'ai pas pris les clés, je ne peux pas les réveiller à pareille heure!

Bon : elle l'aura voulu!

La Grande Volière, en cette fin de nuit est gerbante par son silence visqueux, ses clairs-obscurs administratifs et surtout ses odeurs stagnantes de tabac, de pieds, de hardes trop portées.

Le garde de service en écrase sur son bureau, mêlant le ronronnement de son six cylindres aux sonorités cacateuses de l'endroit.

Je retrouve mon antre avec joie. Je m'y suis enfin adapté et les souvenirs du Vieux achèvent de s'engloutir comme, plus tard, s'engloutiront les miens. On n'est pas au monde pour conquérir des places, mais pour les laisser à d'autres.

Ma compagne qui connaît les lieux, à force, me demande la permission de prendre un bain. Des heures dans les mêmes harnais à vivre de l'émotion concentrée et à enjamber des cadavres, t'as envie de faire peau neuve.

En homme dont la chasteté est proverbiale, je lui laisse l'usage du studio. Pendant qu'elle se fourbit, je m'installe dans mon directorial fauteuil, mets mes mocassins sur le burlingue (chose qui ne s'est jamais produite avec Achille), noue mes mains sur mon bas-ventre et me livre à un survol des événements. Ça a galopé, non? Pétaradé! Tiens, ça me fait penser que je n'ai encore rien mis sur ma pommette. Je la touchote du bout des doigts. C'est presque sec, mais je ramène des traînées rouges sur mes phalangettes. Quand la môme se sera briqué l'oigne, je mettrai un peu d'alcool sur la plaie. Quelques centimètres plus à gauche et le vilain me faisait craquer la gueule! Un qui n'a pas d'ange gardien sur le qui-vive, il y reste!

Mes pensées s'enfilent comme des perles. Et voilà que mon compteur ralentit. Je regarde l'heure : cinq plombes et des. C'est-à-dire l'heure de personne, l'heure de rien du tout! A part quelques pêcheurs à la ligne décidés à attaquer la carpe dans ses retranchements, les gens roupillent à cette heure, un dimanche morninge.

Mon carnet d'adresses!

J'en possède deux : un petit et défeuillé dans ma fouille, un grand à couverture de box fin sur mon bureau. Mais c'est toujours à mon truc débrifé que je fais appel.

Lettre B, pour Bruno Masure. Mes potes, je les classe par leurs prénoms. D'un doigt négligent, je compose son numéro. Ça sonne. Une fois, dix fois. Il décroche et attend.

– Bruno?

– Je pense, murmure une voix altérée par le sommeil, mais je n'en suis pas absolument sûr.

– C'est San-Antonio.
– Très plausible, fait mon copain. Tu fais effectivement partie des trois ou quatre enfoirés capables de m'appeler à une heure aussi matinale.
– Tu t'es couché tard?
– Non, tôt: quatre heures et demie.
– Donc tu es dans ton premier sommeil?
– Et peut-être aussi le dernier si tu me tiens la jambe encore longtemps. Tu as des insomnies?
– Professionnelles, mon lapin. Te souviens-tu d'avoir interviewé, l'an passé, un prix Nobel du nom d'Anton Raspek
– Bien sûr, celui qui est mort hier soir? On va redonner des passages de notre entretien dans sa nécro, tout à l'heure.
Heureusement que mon téléphone est attaché à un fil, sinon je m'écroulerais.
– Le professeur Raspek est mort?
– Tu l'ignorais?
– Quand, comment, de quoi?
– Hier, alors que ses homologues français fêtaient une déclaration qu'il venait de faire à propos de je ne sais quoi.
– Crise cardiaque?
– C'est vraisemblable. Il se serait écroulé au moment ou on lui portait un toast, ce qui est une fin assez glorieuse, somme toute!
– Te rappelles-tu le gars qui a servi d'interprète lors de votre interview de l'année dernière, un dénommé Antonin Pétsek?
– Vaguement. Un journaliste intello à tête de nœud?
– Exact. Qui l'avait mandé pour traduire votre entretien?
– Il était un intime de Raspek.
– Anton, Antonin, une histoire d'amour?

– Va-t'en savoir, Charles! Encore que dans le scientifique la sexualité se développe moins bien que dans la haute couture.

– A mon tour de t'annoncer un décès, Bruno : celui de Pétsek, mort avant-hier. Des amis inséparables, n'est-il pas?

– Tu vas te régaler! définit mon délicieux ami dont le charme juvénile n'a d'égal que l'esprit, car je suppose que tout cela n'est pas catholique?

– Mon Tchèque à moi a fini étranglé.

Il réagit :

– N'est-ce pas l'un des assassinés de l'avenue George-V?

– Tu viens de gagner le droit de te rendormir, mon bijou! Auparavant, affranchis-moi un peu sur l'œuvre de feu Raspek; ses recherches, ou plutôt ses trouvailles, avaient trait à quoi?

– Les explosifs.

– Je comprends qu'on lui ait décerné le Nobel [1], ajouté-je en raccrochant pieusement.

Il t'est déjà arrivé de couper une communication et d'entendre, en même temps, sonner ton turlu? Curieux comme effet. Je redécroche, pensant à quelque fausse manœuvre, mais non : on m'appelle bel et bien. Le commissaire Honnissoit. La voix dévastée. On dirait qu'il vient de boire un bol de clous de tapissier.

Je pressens immédiatement de la scoum. Et effectivement.

– Bourrelœil est mort! m'annonce mon collaborateur. Un routier vient de découvrir son cadavre sur la route de Chartres; il gisait au bas du talus avec un

1. Cette réplique est révélatrice de la culture de San-Antonio. Nobel est l'inventeur de la dynamite.
Bertrand POIROT-DELPECH.

couteau enfoncé dans le cœur; l'information vient de parvenir à ma brigade qui me l'a répercutée.

– La pseudo-violée? fais-je.

– Sans aucun doute, monsieur le directeur.

– Diffusez illico le numéro et le signalement de la voiture à bord de laquelle elle roule!

– J'ai commencé par ça!

– Où, sur la route de Chartres?

– Avant Pontchartrain.

– Rendez-vous là-bas, je file!

Et je quitte mon bureau sans informer Marie-Laure.

***

A cet endroit, la route marque un élargissement qui doit servir de voie de secours quand les gros charrois se garent pour laisser doubler les voitures qui les suivent. Une tire bleue de la gendarmerie est là, gyrophare en folie. Se trouve également sur le terre-plein un camion immatriculé dans le Calvados.

Son conducteur, un gros zig un peu crade, vêtu d'un blouson de cuir noir qui devait lui aller encore au temps de sa première communion et d'un pull rouge dépenaillé, discute avec deux gendarmes sans joie.

Dans la lumière de ses phares, on aperçoit distinctement, en contrebas, le corps du pauvre Bourre-lœil, étalé, tête en bas, bras en croix, jambes repliées, avec le manche d'un ya dépassant de son sternum. Honnissoit surgit en même temps que moi, sauf que j'ai passé le premier la ligne d'arrivée.

Saluade des pandores. L'un deux me reconnaît et chuchote ma qualité à son confrère, le brigadier Moi-lassusse, lequel y reva d'un salut un peu plus militaire, long et vibrant que son premier.

Le routier qui devine en moi une huile lourde, m'explique que, s'étant arrêté un instant pour « faire pleurer le géant », il a aperçu, en cours de miction, cet homme mort dans le faisceau de son phare droit. Illico, son jet naturellement impétueux est devenu prostatique. Comme il a le téléphone à bord de son bolide, il a prévenu la gendarmerie; les archers du roy ont découvert l'identité du mort : un drauper de la Maison Cognedur, et ont alerté cette dernière.

– Vous croyez que je vais pouvoir repartir bientôt? demande le camionniste. J'ai des fraises dans mon dix tonnes et il n'est pas frigorifique.

Honnissoit qui raffole des fraises le libère; nous nous occupons de Bourrelœil.

Pas besoin d'être grand clerc pour piger ce qu'il s'est passé. Il a lutiné sa passagère (vêtue d'un simple peignoir de bain) qui a feint de couper à ses avances. Alors Bourrelœil s'est rangé sur le terre-plein. La salope dissimulait un couteau dans les grandes manches du peignoir. Le poulet, très excité, a déponné son tabernacle pour se faire allumer un calumet. Il devait s'être installé, pour la commodité de l'extase, à la place passager, les jambes à l'extérieur.

La soi-disant Maxence s'est agenouillée entre elles. De la sorte, les rares automobilistes circulant à cette heure extra-matinale encore obscure ne pouvaient apercevoir le manège du couple. L'hyène (un peu grandiloquent, peut-être comme qualificatif, mais amplement mérité) l'a eu belle pour assurer l'eustache dans sa main et le planter dans la poitrine de Bourrelœil. Ensuite elle n'a eu qu'à le tirer par les jambes hors de la bagnole et à le faire rouler au bas du talus. Cette version m'est inspirée par la braguette béante de notre infortuné collègue d'où sort un beau panais d'honnête flic qui a dû voir du pays.

– Laisser deux hommes dans cette affaire, c'est lourd, lourd, soupire Honnissoit.

Je demande aux gendarmes une carte de la région et j'examine la route suivie par le couple depuis son départ de l'hostellerie.

– En fin de compte, ils allaient sur Paris, déterminé-je.

– Pas certain, me dit Ange. La fille avait peut-être bien un point de chute dans la région. Vous la voyez dans Paris, en sortie de bain?

– Si elle stoppe devant son immeuble, à l'aube, qui donc s'en formaliserait? Cette fois, ajouté-je, allons prendre du repos.

– J'ai deux veuvages à aller annoncer, bougonne Honnissoit.

– Les mauvaises nouvelles peuvent attendre quelques heures.

On se quitte, je retourne au bureau.

Tout est paisible. Éteint. Plus trace de Marie-Laure. Écœurée par mon lâchage, elle a dû rentrer chez elle.

Je passe dans la partie studio et là, mon cœur se met en torche lorsque je découvre la presque adolescente couchée au pied de mon lit avec deux grandes serviettes-éponges en guise de couverture. C'est émouvant, voire bouleversant. Que de grâce dans cet abandon! Elle dort en utilisant son bras droit comme oreiller. Son souffle est imperceptible. Je me penche et la saisis dans mes bras. Ça l'éveille; elle pousse un petit cri d'effroi.

– N'aie pas peur, mon ange, c'est moi.

Je la dépose dans mon lit défait et la couvre, non pas de baisers, mais du drap. Il fait si chaud dans ce local exigu que ça suffit amplement.

Elle est à peine réveillée, murmure je ne sais quoi

et se laisse glisser dans l'onde tiède de l'abandon, ainsi que l'écrit la marquise de Lamotte Fendue dans ses Mémoires de Guerre.

En un tourne-chose, je me dessape, ne conservant que mon slip de fonction et m'allonge auprès d'elle, par-dessus le drap, gardant à notre commun endormissement une chasteté qui fait l'honneur de la Police française.

Malgré le fort tumulte de mes pensées et mon énervement, je finis par m'engloutir dans un néant réparateur, ne conservant dans les confins de mon subconscient que la notion d'une bandaison forcenée, presque douloureuse, consécutant de ma fatigue et, plus encore, de la présence de Marie-Laure à mon côté.

CHAPITRE IX

ANDANTE : *modérément.*

Le puits de velours.

Titre de l'ancienne, brève et remarquable pourtant « Série Blême ».

Il me vient à l'esprit à l'instant de renouer avec la réalité. Je me trouve dans un puits profond, tapissé de velours épais. J'y suis bien. Je peux. Tu sais quoi ? Marie-Laure me tient par la queue (pas du tout pour me montrer à ces messieurs, comme dans la comptine de *La souris verte*) tandis que j'ai une main haut coincée entre ses cuisses. On a fait ça comme ça, presque innocemment. J'ai, en dormant, arraché le drap séparateur et un élan inconscient nous a poussés vers nos parties vives.

Si tu savais ce que c'est bon, Gaston ! Comment ? Tu sais ? T'as vécu ça ? Avec qui ? Comment ? Ta femme ? Non mais, tu as pas eu le temps, en vingt ans de mariage, de remarquer la gueule qu'elle a, ta Ninette ! Son regard poché, ses paupières grosses comme des coquilles d'escarguinche de Bourgogne, ses trente kilogrammes de nichons pas comestibles, ses cuisses varico-celluliteuses dont chacune a un diamètre supérieur au tour de taille de Mme Simone Weil.

Tu ne peux pas comparer, mon grand. Ce que tu

as connu dans ton grabat plein de pets refroidis, c'est pas de la volupté, c'est de la triperie en promotion! Faut pas confondre chaude-pisse et première communion! Ingres avec Botero! Note que je préfère Botero à Ingres; mais en peinture seulement car j'aimerais mieux m'embourber un modèle d'Ingres qu'un modèle de Botero.

Et puis à quoi bon digresser? On est là, main sur le sexe de l'autre. Esprit de conquête, en somme. Elle me tient, je la tiens par la barbichette. Le premier qui rira aura une grosse bite dans le cul! Car c'est elle qui pouffe et moi qui paffe! Quel somptueux réveil! Animal. Poisseux de sommeil, pas vraiment *clean*! Mais putain ce que c'est bon! *No* fioritures préparatrices. Carrément le pilon dans le mortier! Un cas d'urgence! C'était ça ou le SAMU. L'enfilade spontanée. Juste le temps de me saliver le panoche pour le cas où! Mais c'est un réflexe de pro, absolument superflu. Le balisage est déjà opéré par le désir. Son frifri déclaré ville ouverte! Je me pointe en triomphateur. Acclamations de la foule, liesse populaire. La demoiselle Pontamousson me fait un accueil inoubliable; la libération de Paris, c'était une kermesse de village en comparaison.

Ces jeunes filles de bonne famille, c'est de la passion à l'état sauvage quand tu leur fractures la tirelire. De la haute tension concentrée!

Je la démarre dans des lenteurs inouïses, centimètre après centimètre. Elle essaie d'accélérer des michardes, mais doucement, cocotte! Je lui réfrène les débrideries impitoyablement. « Plus vite, plus vite! » qu'elle me supplie, l'adorable, comme un noyé qui appelle au secours quand il n'a pas encore la gueule pleine de flotte. Mais tu verrais, Antoine, cette maîtrise, cette impitoyabilité dans l'acte, histoire de lui faire rendre son max! Quand la môme atteint le point de rupture, je commence à lui négocier mon braque. En montant légèrement le rythme.

Pleure! Supplie! Grince des dents, ma fille! Je resterai inflexible. Te baiserai comme tu dois l'être. Je veux contrôler ta passion retenir ta fougue. Attends que je lâche du lest. Ah! t'as pigé la manœuvre, coquinette! Tu le sais que ça va devenir fabuleux? Tu cesses de hoqueter, gamine! Oui, c'est ça: mets tes talons dans mon dos et éperonne-moi les reins. Oh! ce que tu es douée! Quelle cavalière-à-l'envers tu fais! Mais qu'est-ce que c'est que ce boucan, bordel! Qui ose tambouriner à la porte quand nous sommes en plein coït géant? Faut être le dernier pueur de gueule pour se permettre!

Excuse-moi, Marie-Laure, je te reprends la bête pour aller ouvrir, pianote-toi un peu le frifri pour t'entretenir, je reviens tout de suite.

Et c'est cet enfoiré de négus que je trouve. Il regarde mon énorme zobi dodelineur, lequel, sur l'instant, ressemble davantage à une aubergine de comice qu'à la photo du prince Charles.

– Suis-je inopportun? demande Jérémie.

– Penses-tu, ricané-je, on t'attendait pour l'emplâtrage final avec toute la troupe! A part me faire débander, que veux-tu?

– L'affaire de la George-V t'intéresse encore, malgré ton numéro hippique?

– Pourquoi?

– J'ai du nouveau, je te raconterai quand tu auras éjaculé.

Il referme la porte et je vais suivre son conseil informulé.

La première caractéristique d'une étreinte, c'est de gommer la pudeur entre deux individus. Un instant auparavant, ils s'appelaient « monsieur » et « madame » et, parce qu'ils viennent de bouillaver, tu les retrouves en train de s'écoper les joyaux : madame à cheval, monsieur debout comme un grand devant le lavabo. Finie, la magie. Mon grand Albert Cohen l'avait bien compris, qui préconisait que des amants doivent avoir chacun sa salle de bains (cf : *Belle du Seigneur*).

D'une partie de baise naît, soit une grande passion, soit une mélancolie animale (exprimée en latin dans les pages roses du Larousse).

Tout en essorant Popaul, je me demande où nous en sommes, Marie-Laure et moi. Il semblerait que nous adoptons une attitude intermédiaire. Jubilation sensorielle, dont les ondes continuent de nous parcourir d'une part, mais, d'une autre, froideur sentimentale consécutive aux loyaux services de MM. Jacob et Delafon qui, un jour, unirent leurs sensibilités (que je me permets de supposer sémite et aryenne) pour assurer le confort sud de plusieurs générations de baiseurs.

Je me repimpe [1] et vais rejoindre mon noir poulman. Il est en converse avec Frédéric Mouchame, le chef de notre armurerie.

Salutations obséquieuses dudit qui, depuis qu'il appartient à la Grande Taule, lèche systématiquement tout le monde, dans l'espoir qu'il finira bien par en sortir quelque chose de bénéfique pour lui. Signe particulier : une tache de vin sur la joue gauche qui épouse les contours précis d'une carte du Burundi (compare, c'est frappant).

1. Redeviens pimpant.

J'avise un fusil à lunette en travers du bureau, que je crois reconnaître.

– L'arme trouvée chez le colonel Lemercier? demandé-je en chef averti qui en vaut dix.

– En effet, confirme M. Blanchouillard.

– Mouchame a des choses à nous dire à son propos?

– Et comment! exclame le Noirpiot.

Il m'en veut d'avoir tiré une guêtre en ces instants de fièvre. Considère cette « récupération » comme une sorte de forfaiture; pour un peu, il me ferait passer en Haute Cour pour trahison, l'ancien esclave!

– Eh bien, je vous écoute, mon brave Mouchame.

L'armurier s'empare du fusil. J'aime les gestes professionnels qui sont sans commune mesure avec ceux des béotiens. Ainsi, une puéricultrice ne se saisit pas d'un nourrisson comme le fait sa maman, une pute ne suce pas comme une grande bourgeoise, et un armurier prend une arme comme s'il s'agissait d'un joyal [1].

– Regardez ce Gognot-Frézett, monsieur le directeur. Apparemment, c'est un fusil à lunette classique fait pour tirer le gros gibier.

– Et ce n'est pas le cas?

– Si; mais il est à double usage.

– Que me dites-vous là, Mouchame! grandiloqué-je de la glotte.

Conscient de détenir une importance: celle que donne la chose sue vis-à-vis de ceux qui l'ignorent, il rengorge, l'armurier.

– Pièce unique, probablement, et donc de musée, reprend-il. Ce qui m'a surpris en l'examinant, c'est ce petit boîtier noir placé sous la lunette

1. *Des* joyaux, *un* joyal; tu ne m'en feras jamais démordre.

et qui semble la maintenir sur le fusil. Je n'avais jamais rien rencontré de semblable, d'où ma curiosité qui m'a amené à le démonter.

Il agit en commentant, dévisse la chose d'acier bruni dont le volume avoisine celui d'une boîte d'allumettes. Mais quand elle est démontée, elle n'est pas libérée pour autant : un minuscule fil bleu, du type fil pour condensateur, la traverse. L'une de ses extrémités remonte dans la carène de la lunette, l'autre plonge dans un infime conduit percé dans l'épaisseur du canon, pour s'engager ensuite dans celle de la crosse.

Toujours affairé et doctoral, Mouchame se met en devoir de dévisser la plaque d'acier placée, comme en élément de renfort, sous la crosse. Une fois ôtée, cette plaque dévoile tout un système miniaturisé placé dans un logement rectangulaire, qui ferait perdre son latin à toute personne non initiée. Sa description même exigerait un vocabulaire technique que je ne possède pas. Le simple quidam ne peut que contempler ce minuscule écheveau de fils réunis par d'arachnéennes soudures, de batteries lilliputiennes, de prismes taillés domme des diamants, de solutions mystérieuses logées dans des réservoirs moins gros qu'un dé à coudre, et autres bastringues nés d'un cerveau superéquipé.

Je cherche des mots à la hauteur de ma stupeur. Les profère :

– Ça alors !...

– N'est-ce pas ? surenchérit l'armurier.

– Ça sert à quoi, ce bigntz ?

Là, il contritionne du regard.

– Je ne saurais vous le dire, monsieur le directeur. Mais c'est intéressant, non ?

– Davantage ! Et le fusil conserve nonobstant ses facultés de fusil ?

– Tout à fait : je l'ai expérimenté. Pour ce faire, il faut actionner le cliquet que vous apercevez, derrière la détente, pareil à une petite gâchette supplémentaire. Il s'agit d'un inverseur. Position A, l'arme est opérationnelle de façon classique; position B, elle acquiert les facultés que nous lui ignorons encore. Il conviendrait de la confier à un éminent physicien, je pense.

– Mathias! coupé-je.

Et je me tourne vers Blanc.

– Pas disponible pour l'instant : on vient de l'opérer de la rondelle, objecte Jérémie.

– Il ne pense pas avec son trou du cul! objecté-je-t-il. Va lui montrer ce bidule, grand mâchuré, en lui précisant dans quelles circonstances il est tombé entre nos mains. Il faudrait vraiment qu'il soit plongé dans un coma dépassé pour ne pas réagir à un fusil pareil!

Je donne sur l'oreille de Mouchame cette chiquenaude napoléonienne en échange de laquelle les grognards couraient se faire enfoncer des baïonnettes prussiennes dans les couilles en hurlant « Vive l'Empereur! ».

Tout comme le Corsico, je murmure :

– Mouchame, je suis content de vous!

Une sombre auréole s'élargit sur le capot de son pantalon. Il se retire à reculons, dansant son obséquiosité avec des grâces de ballerine charcutière.

Une fois la porte refermée, mon ami Blanc me toise d'un long regard, comme seul un bovidé peut en consacrer à un train omnibus.

– Intéressant, n'est-il pas? plaisante-t-il avec son humour britannique propre aux gens de sa tribu.

– Particulièrement.

– Tu sais que le professeur Raspek est décédé?

– J'ai appris la nouvelle.

Le grand méchant velu ajoute :
– Je suis allé chez *Marius et Jeanette* afin de vérifier les noms des gens qui avaient retenu une table le « fameux soir » où tu y as dîné.
– Bonne initiative.
– Raspek s'y trouvait en même temps que toi!
Si je devais réagir à toutes les surprises que réserve mon métier, j'aurais, depuis plusieurs décennies, attrapé la danse de Saint-Guy. De plus, le self-control doit se travailler. Maintenant, ni les gros bruits ni les grandes nouvelles ne me font sursauter. Un loufiat qui laisse choir une pile de cinquante assiettes ne mobilise même pas mon regard, et tu m'annoncerais qu'on a dérobé la tour Eiffel au cours de la nuit dernière que je ne hocherais pas la tête.
Moi, à M. Blanc :
– Tu t'es renseigné sur la table qu'il occupait?
M. Blanc, à moi :
– Celle qui se trouvait à côté de la tienne.
Merci, docteur. Je sens qu'après ça mes hémorroïdes iront beaucoup mieux!
J'ai soif! Je me sers un bloody-mary carabiné, avec jus de lemon et giclée d'angustura.
– Tu en veux un? demandé-je au liftier des cocotiers.
– Volontiers, mais remplace la vodka par le piment.
Il va à la fenêtre. Dehors, le soleil a mis son costar des dimanches et tout le monde est content.
– Il faut ordonner une autopsie du professeur, qui n'est sans doute pas mort d'une crise cardiaque banale, dis-je.
– Je vais m'en occuper.
– Tu ne trouves pas incroyable, dis-je, que le couple de tueurs ait abandonné une arme aussi

exceptionnelle sur les lieux de ses forfaits? Il l'avait en arrivant et puis il repart sans. Rien, cependant, ne l'a contraint à une fuite précipitée que je sache?

Un temps.

– Je donnerais gros pour revoir la femme « violée », j'ajoute-t-il.

Que, sur ma réplique, Marie-Laure sort du studio, nickel de partout, rouge-à-lévrée, sa coiffure courte choucarde en plein sur le front.

J'ose à peine le dire, mais tout à ces stupéfiantes *news*, je l'avais oubliée, la mère! Ce qui signifie que... Hein?... Tu es d'accord? Jolie rencontre, très émouvante, chaleureuse et tout! Jeune fille douée pour l'amour. Courageuse. Du talent? J'attends de lire ses écritures. Mais je ne sauterais pas d'un avion en vol pour aller lui faire une bise. Cynique? Non. Blasé, peut-être? Oh! ça, sûrement. Tu sais ce que c'est, la vie? Une chatte succède à une autre, plus ou moins sombre et frisée. Mais presque toutes, excepté les vieilles desséchées, mouillent dans les mêmes délais. Qu'à force d'à force, t'arrives plus à les distinguer dans tes souvenirs. Les joies du cul s'estompent. Y a une grande remontée de culottes au fond de ta mémoire. *To close for lunch!* Le rideau tombe! Ne te reste plus que quelques poils de chatte entre les dents.

Elle est souriante, la jolie chevrette.

– Programme d'aujourd'hui? s'inquiète-t-elle.

Non mais qu'est-ce qu'elle croit? Qu'on est devenus des siamois, tous les deux?

Jérémie me file un regard plus sombre que le dessus de ses mains (dont l'intérieur est clair, because les Noirs déteignent des paumes).

Je suis gagné par une lente muflerie héréditaire. Celle de tous les hommes agacés par une gonzesse.

– Toi, tu t'emmènes promener, ma jolie: tes parents et ton canard t'attendent. Quant à moi, je vais continuer d'usiner avec mes équipes valeureuses.

Sur le moment, ayant perçu ma facétiosité, elle croit que je plaisante; mon regard la détrompe.

Alors elle sort sans broquer.

Je voudrais la retenir.

Je la retiens pas.

C'est dégueulasse, un mec!

CHAPITRE X

SEPTUPLE : *qui vaut sept fois autant.*

On tambourine à ma porte. Inquiétant car le planton ne m'a annoncé personne alors qu'il en a reçu l'ordre exprès.

– Entrez ! enrogné-je.

Rien. Simplement, on retambourine.

– Vas voir, dis-je à mon *all-black.*

Jérémie délourde. Il demeure immobile dans l'entrebâillement. Puis se tourne dans ma direction et, de la tête, me fait signe de le rejoindre.

Intrigué, force m'est donc.

Tout un spectacle !

Pour commencer, et au premier plan, une gigantesque corbeille de lys (ma fleur préférée) [1].

Derrière la corbeille : un paquet de deux mètres cubes, noué d'un ruban tricolore. Par-delà ce cadeau aux dimensions exceptionnelles : Pinaud et Béru, sur leur trente et un, tenant chacun deux bouteilles de Dom Pérignon.

Au moment où j'apparais, le tandem bien-aimé s'écrie, presque synchrone :

– Bon anniversaire, Antoine !

Quelques inspecteurs et gardes qui les ont suivis (à

1. Je ne puis dire « ma fleur d'élection » : ça ferait monarchiste !

cause des boutanches de roteux) reprennent tous en chœur :

– Bon anniversaire, monsieur le directeur!

Avec des mines lécheuses que je t'en dis pas plus!

– Vous êtes gentils, dis-je avec déconcertation, seulement y a maldonne, les gars : mon anniversaire, c'est le 29 juin!

– On le sait, déclare Alexandre-Benoît, mais on a décidé de t' l' souhaiter aujord'hui, biscotte moi et Pinuche on sera t'en croisière l' 29 juin.

Devant ce cas de force majeure, il n'est que de m'incliner.

Embrassades, poignées de mains.

– Ouv' ton pacsif! me dit le Gros qui, tel un enfant, brûle de me voir déballer leur volumineux présent.

Je dénoue le ruban, arrache le papier et me trouve en présence d'un carton. J'en soulève le couvercle, aidé du brigadier Courtepine. Et de saisissement, j'exécute un pas arrière, tandis que Courtepine pousse un juron.

Dans la boîte, une ravissante fille nue est assise en tailleur sur un coussin. Une Asiatique. Et elle porte, en guise de châle, un serpent python sur les épaules. C'est l'animal qui a provoqué mon mouvement de recul et le juron du brigadier.

Pinaud explique :

– Nous cherchions un cadeau original à te faire, Antoine. Voici Miss Chian Li, qui eu le prix de fornication féminine au Festival du film porno.

« Nous l'avons louée pour toi et tu peux disposer d'elle jusqu'à demain soir. J'ai là la liste de ses spécialités qui lui ont valu la récompense en question. »

Il sort un document de sa poche et se met à le régler à sa vue, l'éloignant et le rapprochant de son nez pointu, mais Béru, agacé, le lui fauche d'un geste preste.

– Quand on voit pas, on lit pas! bougonne l'Obèse.

Lui qui pourrait lire sans lunettes (s'il lisait) se met en devoir de décrypter :

– La brouette mongole! Le souffle du mandarin! La langue de caméléon en spirale! La fourche de l'enfer! Le bâtonnet d'encens! La lanterne chinoise! La queue du dragon! La sarbacane moïe! Le nid d'hirondelle cantonais! L'aileron de requin au piment rouge! Le doigt d'or! La pince de crabe! La pousse de bambou à grelots! Le palanquin à trou! La bague de jade! La pipe du sage! Le... »

– Merci, coupé-je. L'attention est délicate, mais une enquête de la plus haute importance me mobilise totalement. Si Miss Chian Li voulait bien me faire un bon, je la consommerais à une date ultérieure.

– Elle n'acceptera pas, assure Pinaud, elle a un agenda bondé et cela fait deux mois que j'ai posé ma réservation. De plus, ses honoraires ont été réglés d'avance et, bien que ce ne soit pas de bon goût, je puis t'assurer qu'ils sont élevés.

– Bon, je ferai l'impossible pour user de ce délicat présent, mon César. Où puis-je pratiquer cette gracieuse créature?

– Elle ne peut pas t'attendre ici?

Je mouessade :

– Imagines-tu cette péripatéticienne de luxe et son serpent dans le bureau du directeur de la Police?

– Faites-vous pas d' souci, tranche Bérurier : j' vas l'emm'ner chez moive. Ma Grosse détest' pas un' p'tite séance d' gigot à l'ail, temps za aut', pour changer d' mon braque géant. Si l' cœur t'en dit, grand, t'auras qu'à passer à la casa pour un' p'tite chinoiserie expresse.

Ainsi est fait.

Nous prenons le temps de sabler le champagne avec les assistants. On installe la corbeille de lys sur la table basse de mon bureau. Un moment euphorisant de gnagni gnagna : cris et suçotements. Des rots comprimés, d'autres puissamment exhalés (chef de chorale Alexandre-Benoît Bérurier). Mon « cadeau » se prélasse sur le canapé en compagnie de son reptile dont la langue bifide frétille sans arrêt, écœurante. Cette gonzesse est douée pour l'exploitation de son corps. Chez elle, ça se hisse au niveau de l'art. Rien que la manière dont elle se tient tordue pour montrer sa jolie fente rose praline, soigneusement épilée. Elle guide le python, lequel s'enroule à sa cuisse et se glisse contre son sexe. Mes hommes, le regard fixe, la glotte bloquée par l'émotion, matent à pleins z'yeux. Juste le brigadier Courtepine qui promène sa langue chargée sur ses lèvres asséchées, s'y « voyant » déjà.

– Bon ! déclare soudain Béru, faut qu'on va prendre du souci et qu'on va s' casser, qu'aut'ment sinon, on s'ra plus capab' d' marcher !

***

Elle est au chevet de son époux, la mère Mathias, le regard moins franc du collier que celui du serpent que je viens de quitter. Elle a plein de boutons (entre deux peaux) sur la gueule. Chez elle, se farder consiste à dessiner une violette sur sa bouche sans lèvres. Des projets de bubons s'élaborent sur son cou. Le cheveu raide, la peau jaunasse, le nez mince et long, elle semble chercher des choses vaches à dire.

Son opéré est rendu tout benêt par la présence de l'épouse. Son brasero flamboie sur l'oreiller. Mon arrivée l'embête parce qu'il sait que je n'hésite pas à envoyer son brancard aux bains turcs quand il me fissure les bonbons.

– Tu parais en bonne forme! dis-je.

– Ce n'est pas vous qui êtes à sa place! grince sa girouette rouillée. Si vous aviez subi une telle opération rectale, vous n'auriez pas la mine aussi fleurie.

– Peut-être, réponds-je avec une impassibilité qui force l'admiration, mais moi je ne me fais pas sodomiser!

La houri fait un bond, départ arrêté, de quarante centimètres sur sa chaise.

– Vous traitez mon mari d'homosexuel! égosille-t-elle.

– Pourquoi usez-vous du verbe « traiter » qui a une connotation péjorative, ma poule? Se faire enculer ne constitue plus un délit. Chacun a la libre disposition de son cul; vous, par exemple, lorsque vous vous masturbez avec votre rouleau à pâtisserie (après l'avoir huilé, je suppose), vous n'enfreignez en rien les règles de la bienséance, du moment que vous lavez le rouleau après usage avec Le Chat ou Mir Vaisselle.

Elle se dresse. Pas grande, la chérie. Une jupe bordeaux, une veste bleu marine, un chemisier blanc. Classique!

– Vous, dit-elle, vous ne changerez jamais! Malotru vous êtes né, malotru vous restez, bien que promu à la plus haute fonction! Je plains votre malheureuse mère d'avoir un fils comme vous! Quel calvaire!

Elle jette à son époux:

– J'espère que ce butor ne te fatiguera pas trop longtemps!

Elle se dirige vers la porte et sort. Je la rejoins dans l'espèce de tambour isolant la chambre du couloir.

– Chérie! fais-je d'un ton noyé.

Surprise, elle stoppe. Je lui prends la main, sans qu'elle résiste, la porte à ma braguette.

– J'aime quand tu te fâches, Ninette, ça me fait bander. Touche!

Elle laisse guider sa main, ne « touche pas réellement » mais effleure ma protubérance.

– Un jour, je te ferai éclater la chatte, salope!

Et je la plante là pour rejoindre son mari.

Je prends place à son chevet.

– Tu es dur avec elle, diagnostique Mathias.

– Oui, fais-je résolument : très dur, elle m'excite. C'est la fascination de l'horreur.

Je redeviens pro :

– Alors, tu as examiné le fusil?

– Oui. Je l'ai caché dans le placard avant qu'elle n'arrive, elle aurait hurlé au scandale parce que tu me donnes du travail jusqu'ici!

– Qu'en penses-tu?

– Phénoménal!

– Mais encore, Hector?

– Il tue : je parle des ondes de la lunette.

– En es-tu sûr?

– Je l'ai expérimenté, avoue Mathias en baissant le ton comme s'il m'avouait une maladie vénérienne.

– Sur qui? béé-je-t-il.

– Un yorkshire.

– Quand?

– Il y a moins d'une heure.

– Où?

– Depuis cette chambre.

– Comment?

Il révèle :

– Naturellement, les chiens ne sont pas admis à l'hôpital. Une visiteuse flanquée de son yorkshire s'est présentée ce matin et s'est fait refouler. Alors elle a attaché l'animal à la grille protégeant un massif de roses. J'ai visé le yorkshire avec le fusil et actionné la seconde détente. Il ne s'est rien passé. Pensant l'avoir raté, j'ai réitéré mon geste. Toujours rien. J'ai alors cru que cette arme n'en était pas une, concernant sa seconde fonction. Mais voilà que tout à l'heure j'entends des cris désespérés. Je vais à la fenêtre et aperçois la dadame en train de piquer une crise de nerfs devant le cadavre du clébard.

– Tu es devenu canicide!

– J'ai honte, mais pour expérimenter le fusil, il me fallait une cible vivante!

– Et tu conclus quoi, de cet assassinat?

– Les ondes émises par le fusil altèrent la fonction cardiaque jusqu'à entraîner, à retardement, un arrêt du cœur. La charge est réglée pour supprimer un homme; elle a eu un effet plus rapide sur un minuscule mammifère.

– Tu as entendu parler des travaux du professeur Raspek?

Il répond, sévère:

– Rien de ce qui touche aux travaux scientifiques actuels ne m'est étranger.

– Aurait-il été capable d'inventer ce fusil double action?

Mathias réfléchit.

– Il rentre tout à fait dans son domaine d'exploration.

– C'est bien ce que je sens. Comme je sens aussi qu'il en aura été la première victime.

CHAPITRE XI

POURPRE : *matière colorante rouge foncé, que les Anciens tiraient d'un coquillage.*

En fin de journée, rien ne s'étant produit, je passe chez les Bérurier, non pour user de mon « cadeau d'anniversaire » mais pour voir de quelle manière l'infâme couple se comporte avec lui.

C'est la demoiselle Chian Li [1] qui vient m'ouvrir, son python contristé lui pend autour du cou, tel une écharpe de smoking. Elle me sourit mystérieusement. Tout est mystérieux chez les Asiatiques; ça doit venir de leurs yeux bridés qui leur font le regard oblique. On a toujours l'impression, quand ils vous sourient, qu'ils s'apprêtent à vous découper les couilles en tranches fines avant de les assaisonner au nuoc-mam.

– Mes amis ne sont pas là? m'étonné-je.

– Si, si, qu'elle fait, la môme.

Elle m'indique la chambre à coucher pestilentielle des Béru où règne un magistral désordre. Leurs vêtements, jetés à la diable, jonchent le sol, la literie arrachée fait de même. Mais le plus angoissant, c'est de voir gésir les Bérurier ainsi que César Pinaud, nus et inertes, en un pêle-mêle repoussant.

1. Dans mes *books*, toutes les Chinoises s'appellent Chian Li parce que je trouve que c'est assez marrant ; de même, les Japonais se nomment Yatamoto (au lieu de Yamamoto, because j'aime pas la moto).

– Que leur est-il arrivé? questionné-je.
– Moi, répond avec simplicité la Chinoise.
– Que leur avez-vous fait?
– L'amour.
– Et cela a suffi pour leur faire perdre connaissance?
– La femme a joui onze fois, le gros huit et le vieux trois.
– Evidemment, conviens-je; vos performances sont extraordinaires, bonne demoiselle.
– J'ai été élevée par ma grand-mère, la fameuse Ka Gi Bi, qui fut la plus grande et la plus célèbre hétaïre de Pékin. A l'âge de la ménopause, elle a arrêté ses activités sexuelles pour fonder l'E.S.P. (l'École Supérieure de Prostitution) et je fus major de ma promotion!
– Un don!
– Plusieurs! Auxquels s'adjoignent des recettes. Vous n'ignorez pas que la Chine est le pays des onguents, pommades, drogues aphrodisiaques: langues de crapauds, corne de rhinocéros en poudre, pulpe de coco-fesse, sans oublier naturellement la mouche cantharide dont il faut user avec prudence.

Elle vide le contenu de son réticule sur le velours râpé d'un fauteuil plus défoncé que le cul de Berthe. Des pots menus, des fioles, des tubes de jade pleuvent.

– Tenez, dit-elle en cueillant un minuscule flacon blanc à bouchon noir, si je passe sur votre sexe une particule de ce produit, vous aurez la queue plus raide que la hallebarde d'un garde pontifical.
– Ma chère, dis-je, je ne veux pas fanfaronner, mais je puis vous assurer qu'un tel phénomène se produit sans le concours de vos adjuvants.
– Pas spontanément, monsieur le directeur, un certain « état d'esprit » doit vous y préparer. Même

mes partenaires des films hard, hommes à l'érection facile et répétitive, doivent se mettre en condition avant d'affronter les caméras. D'ailleurs peu d'entre eux sont en mesure de me fourrer sans que je ne leur aie pratiqué une fellation préalable.

– Vous parlez un français très châtié, fais-je.

– Qui aime bien châtie bien, riposte la donzelle avec humour; et puis j'ai passé une licence de français en arrivant en France.

Elle ajoute :

– Vous permettez?

Joignant le geste à la parole, elle me palpe le paquet de couenne et ce contrôle tactile m'est d'un agrément spontané.

– Parfait, assure Chian Li, les vrais mâles ne sont jamais complètement à plat et restent continuellement sous tension, comme un poste de télévision qu'on ne se résout à éteindre : on aime à conserver le petit voyant rouge, ce depuis les contacteurs à distance. On préfère consommer inutilement de l'électricité pour s'éviter trois ou quatre pas!

Elle me lâche. Dévisse le bouchon de porcelaine noire de son flacon miracle.

– Je devine en vous un homme à la curiosité sans cesse en éveil. Laissez-moi pratiquer la petite application dont je vous parlais, vous n'avez pas le droit de passer à côté d'une telle expérience.

D'un geste doucement autoritaire, elle me dégaine l'artilleur de Metz, verse la valeur d'un demi-pois chiche du produit aphro sur son médius qu'elle promène ensuite sur ma superbe veine bleue.

Elle n'a pas effectué un aller-retour que me voilà doté d'un braque qui me stupéfie : je ne m'étais encore jamais vu le même! La chose est si roide, si horizontale, si dure et si grosse qu'elle me devient étrangère. Je porte cette monumentale queue comme une majorette sa canne à pommeau de cuivre. Avec un goumi de ce calibre, tu marches en tête du régiment, mon drôle!

– Effectivement, dis-je à Chian Li votre produit est surprenant. Si vous le commercialisiez, vous n'auriez plus besoin de faire des films « X »: il se vendrait cher et en forte quantité!

– Je ne suis pas un laboratoire pharmaceutique, monsieur le directeur. Je préfère garder à nos produits secrets leur côté artisanal et leur magie. Mon rôle de prêtresse de l'amour me sied davantage que celui de femme P.-D.G.

– Vous avez raison, chère Chian Li, et maintenant, comment puis-je retrouver un aspect plus quotidien?

– Tout dépendra de votre... vitalité.

– C'est-à-dire?

– Logiquement, un homme comme vous devrait avoir besoin de huit à dix éjaculations successives pour voir son sexe rentrer dans le rang. Voulez-vous que nous entreprenions tout de suite cette thérapie?

– Mais, ma douce amie, après avoir « traité » ces trois gisants, vous devez être exténuée vous-même?

– Détrompez-vous! assure-t-elle en faisant sautiller mon hyperpaf dans sa main menue. En amour il est impossible de m'assouvir.

– Ne me dites pas! m'étonné-je, parodiant mon cher Christian Rouvidant qui affectionne cette exclamation.

– Parole! J'ai le regret de vous dire que, jusqu'à ce jour, il m'est arrivé de frôler parfois l'orgasme, mais sans pouvoir l'atteindre vraiment. J'émettais de vagues gémissements de femme qui espère, mais jamais les cris de triomphe d'une femme qui jouit. Quand j'entends les hurlements de la grosse femme qui est là, j'éprouve un profond sentiment de solitude. Tout à l'heure, elle prenait un pied d'opéra, cette truie; l'immeuble en résonne encore! Mais je parle et cela laisse votre bandaison de marbre, si je puis dire. Tenez, quittons cette bauge et allons forniquer dans la salle à manger où la moquette est sale mais épaisse : vous commencerez par vous allonger sur le dos et je vous entreprendrai par « le strapontin birman » qui vous plaira sûrement, c'est un exercice qu'on ne peut pratiquer qu'avec un partenaire jeune et souple, et devrait convenir à vos aptitudes d'homme actif.

Ainsi fut fait et l'on mit près du but les enjeux. N'ayant rien de caché pour toi, je me dois d'avouer que j'aurais probablement enregistré un échec sans gland si la donzelle ne m'avait préalablement oint de sa potion magique. Grâce à cette mystérieuse décoction due à la Chine ancestrale, je tins bon. Mon zob conserva sa densité et ne céda pas d'un pouce. Elle me perpétra à sa guise, selon les techniques savantes héritées de sa grand-mère. Je jouis sans vergogne, en grande impétuosité. Elle m'accorda quelques minutes de récupération que je mis à profit pour vider un fond de champagne tiède échappé à la gouluance des Bérurier, et puis Chian Li m'entreprit de nouveau. Figure très élaborée, trop à mon goût car, si je ne répugne pas aux fantaisies amoureuses, je n'aime pas que celles-ci dégénèrent en numéro de cirque.

Las de ces combinaisons savantes qui n'ajoutent pas grand-chose à la finalité de l'exercice, je pris alors avec autorité le commandement des opérations.

Mon étreinte fut simple, d'un classicisme total. Alors que j'y abondais (si tu veux bien excuser cette tournure de phrase), la demoiselle proféra quelques sons, mais comme c'était en chinois, je ne sus qu'il s'agissait de mots ou seulement de syllabes.

– Pardon? demandé-je en cours de frénésie.

– Je ne sais pas ce qui m'arrive, hoqueta-t-elle.

Je redoublai d'ardeur, elle intensifia ses propos, formulés hélas dans sa langue maternelle, et, brusquement au détour d'un violent coup de piolet, émit un son que Bérurier qualifierait « de trident » et je me sentis brutalement inondé d'une chaleur de lave « en infusion » (toujours Béru). Chian Li fermit les yeux, ce qui ne nécessite jamais un gros effort chez les Asiatiques. Sa respiration estoit haletante. Ses mains délicates, qui avaient caressé tant et tant de bites, de pafs, de zobs, de goumis, de mandrins, de plantoirs à viande, de chopines, de chibres, de queues, de demi-livres-avec-os, de manches à couilles, de brise-jets, de polars, de biroutes, de nœuds, de sarbacanes à purée, de triques, de bâtons d'amour, de pilons-à-moustaches, oui, ses jolies mains expertes sont agitées d'un tremblement incoercible (et je pèse mes mots!).

Elle est dans un état voisin de la catalepsie (cette contrée désertique).

Je lui tapote un peu les joues.

– Chian Li, douce amie généreuse, vous dont l'ovale du sexe rejoint celui des yeux, bien qu'il s'écarquille davantage, revenez à vous, à moi, à la vie!

Elle m'obéit.

– Merci, chuchote-t-elle. Oh! merci jusqu'à la fin des millénaires et au-delà, mon Valeureux. Sans vous je n'aurais jamais vraiment su ce qu'est l'orgasme! Quelle jouissance indicible! C'est un emportement! Un engouffrement dans les félicités célestes! Comment donc se nomme la figure que vous venez d'employer et que j'ignorais?

– La baise à la papa, ma puce! C'est celle qu'ont employée Adam et Eve pour donner vie à leurs deux garnements. Celle dont usent : le laboureur au retour des champs, l'ouvrier en rentrant de l'usine, le sergent de ville après sa prestation au carrefour, le pêcheur revenu de Terre-Neuve, le coureur cycliste vainqueur ou non du Tour de France, les clochards sous les ponts, les instituteurs en vacances, mon ami D.D. Sarda quand il a mangé du couscous, le cher prince Rainier III de Monaco, et quelques milliards d'autres individus en équilibre instable sur la boule girateuse qui nous tient lieu de certitude. Je pense que Mme votre grand-mère se souciait davantage du superflu que de l'essentiel en vous éduquant.

Elle croise ses mains sur ma nuque.

– Vous me le referez, beau mandarin?

– Volontiers, dis-je, d'autant que, selon vos prévisions, ce second coït n'a pas modifié la consistance de mon appareil reproducteur qui pourrait servir de portemanteau à une cape de vison.

Je retourne à l'ouvrage avec au cœur la certitude d'apporter mon tribut (avec mes attributs) à l'humanité souffreteuse.

Alors que je me suis lancé à plein galop et m'apprête à franchir la rivière des tribunes, la sonnerie du téléphone retentit. Dans l'immédiat, tu ne peux pas comprendre ce dont il s'agit. Les Béru se sont balancé tant de fois l'appareil téléphonique à travers la gueule que le timbre fêlé ressemble au chevrotement d'un grelot d'attelage en hiver.

– Non, restez! supplie la déesse jaune.

Mais pour moi, un appel téléphonique est aussi sacré qu'un serment.

Je la dégoupillonne pour aller répondre.

– Allô? Ici les établissements Bérurier, annoncé-je.

– Je savais! répond l'organe de Jérémie Blanc.
– Tu savais quoi, ma blanche hermine?
– Que tu te trouvais chez le Gros. Tu es en train de te payer la Chinetoque, non? Tu as fait tilt en la voyant! Une Jaune! Tu as de la santé!
– Pas de racisme entre nous, je te prie. Que se passe-t-il?
– On a retrouvé la trace de la gonzesse du *Val Machin.*
– Où est-elle?
– Au Brésil!
– Tu te fous de moi?
– Elle a pris hier soir un avion pour Recife; la fille d'Air France qui s'est occupée de sa carte d'embarquement l'a reconnue en voyant son portrait-robot.
– Elle est formelle?
– Absolument.
– L'avion est encore en vol?
– Hélas non: il s'est posé voilà bientôt quatre heures. Que faisons-nous?
– Je ne sais pas...
– On prévient les autorités brésiliennes?
– Tu as déjà été à Recife?
– Jamais.
– Alors tu ne me poserais pas cette question à la con!

Je regarde ma bite. Miracle! Elle dégode! Ma conscience professionnelle a raison de l'aphrodisiaque chinois, c'est beau, non?

Pinaud, à poil, se pointe, beau comme la carcasse d'un poulet de pays sous-développé.

Me constatant dans la même tenue que lui, il se réjouit.

– Ainsi, tu as... usé de notre cadeau? se réjouit le chérubin étique.
– Le plus bel anniversaire de ma vie, César! J'ai fait reluire la frigidité.

CHAPITRE XII

REMÈDE : *moyen, mesure propre à combattre un inconvénient, à résoudre une difficulté.*

La jeune femme, une brunette piquante aux yeux bleus (style Anne Saint-Clair mais en moins époustouflant) dépositionne à la Poule lorsque je radine.

C'est le brave Honnissoit qui « l'enregistre », en présence de Jérémie Blanc, discret dans un costard beige, une chemise marron et des lattes du même ton. Chose nouvelle, il porte des lunettes Ray Ban, très larges, dont les verres fumés lui éclaircissent les yeux.

La gentille employée d'Air France passe en revue des photographies que j'ignore, tirées dans ce bon format 18 × 24 qui sont aux photographes ce que la collection de La Pléiade est aux Éditions Gallimouille.

Et sais-tu ce que représentent ces clichés? Maxence! Ou du moins la femme qui prétendit se prénommer ainsi : oui, la complice de feu Hans Scheunburger qui chiquait les violées au *Relais*. La Maxence dans son peignoir de bain, le visage brouillé de larmes! Les testicules m'en pendent jusqu'aux genoux.

– Je rêve! ne puis-je me retenir d'exclamer, comme on le faisait avant les guerres dans les comédies de Boulevard.

Et de véhémenter :

– Qui a pris ces photos, Ange?

– Votre petite copine Rouletabille, répond mon subordonné. Elle avait un appareil planqué dans ses fringues et a constitué un vrai documentaire sur « l'expédition de la Vallée de Chevreuse ».

– La salope!

– Pas tellement, car c'est grâce à elle qu'on a pu retrouver la trace de la donzelle. C'est de la pure graine de journaliste, cette fille : elle ira loin!

Il me désigne la fausse Anne Saint-Clair pour noces et banquets.

– Mme Guéridon, ici présente, est absolument certaine de l'avoir enregistrée hier, à bord d'un vol de la Varig. Je viens de recueillir la description qu'elle en a donnée.

Il fait pivoter sa machine à écrire portable afin que je puisse lire son texte tout frais.

D'après la témouine, la femme s'appelle Elsa Braker, demeurant à Luxembourg. Adresse à Paris : *Hôtel Barrayer*, rue de Seine. Elle portait une robe noire très deuil, sans la moindre fantaisie. D'ailleurs, elle ressemblait à une jeune veuve : pas de fards, visage blême aux pommettes rosies par les larmes. Lunettes rondes, teintées, gants noirs, un carré de soie dans les tons violet sur la tête.

A mon tour j'interroge l'employée de la compagnie :

– Vous l'avez identifiée immédiatement, d'après ces clichés?

– Oui, monsieur, et cela a été d'autant plus facile qu'elle pleure sur ces photos.

– Je comprends. Elle semblait seule?

– Tout à fait.

– Beaucoup de bagages?

– Un grand sac.

– Quel sentiment cette personne vous a-t-elle inspiré pour que vous l'ayez mémorisée aussi facilement?

– Compassion. Il était évident qu'elle avait du chagrin, un gros chagrin.

– En somme, fais-je à mes deux collègues, c'est le meilleur des déguisements. Mme Guéridon vient de nous le dire : elle incitait à la pitié, on ne peut avoir d'arrière-pensées vis-à-vis d'une femme en larmes.

Ils opinent.

– Si la Braker s'est fait conduire à l'aéroport en taxi, il va falloir retrouver le chauffeur.

– J'ai déjà mis trois hommes dessus.

Incollable, Honnissoit.

Je remercie Mme Guéridon pour son témoignage et l'escorte à la porte.

– La pétasse de l'hostellerie nous aura fabriqués dans les grandes largeurs, soupire le commissaire. Le Brésil! Salut les copains!

– Des nouvelles de l'autopsie du professeur Raspek?

– Elle a confirmé le premier diagnostic : crise cardiaque.

– Tu penses qu'il serait l'inventeur du fusil et qu'on l'aurait utilisé contre lui? fait Jérémie, rêvasseur.

– Un pressentiment, grand.

– Pourquoi le couple de tueurs a-t-il abandonné l'arme chez le colonel?

Haussement d'épaules du très célèbre San-Antonio.

– Pour que nous la trouvions.

– Une découverte pareille, ça vaut du persil! grommelle Honnissoit.

Je doctoralise :

– Ne nous laissons pas obnubiler par quelque

chose qui, vraisemblablement trouvera son explication en cours d'enquête.

– Quelle enquête? objecte le Noirpiot. Le dernier membre du trio, en l'occurrence la femme, se trouve au Brésil! Après avoir eu chaud aux plumes au relais-château et perdu son compagnon d'aventures, ça m'étonnerait qu'elle revienne déambuler sur les Champs-Élysées.

– Quand cette salope a eu flingué le gentil Bourrelœil, elle est rentrée à Paris. Où a-t-on retrouvé la tire de la police?

– On ne l'a pas encore retrouvée.

– Ce qui indiquerait qu'elle est remisée, dans un hangar, un box, voire un parking privé, déduis-je.

On frappe à la porte d'Honnissoit et devine qui paraît? Tu donnes ta langue? T'as raison : ça vaut le coup puisqu'il s'agit de Marie-Laure Pontamousson. En la revoyant, je ressens une honte de l'avoir virée comme un butor après ces instants d'amour ineffables. Y a des moments, je te jure, où je suis sur la poulie folle : je fais des trucs sans queue ni tête, obéis à des impulsions incontrôlées.

– Tiens, revoilà ma jolie libellule! m'exclamé-je. La petite photographe clandestine! Comme cachottière vous vous posez là!

Mais elle m'ignore, la péronnelle. N'est pas prête de me pardonner ma cruelle rebufferie.

Ostensiblement, elle me fait comprendre que c'est Honnissoit qui l'a héritée (du moins sur le plan policier). C'est à lui qu'elle a apporté ses photos, vers lui qu'elle vient aux renseignements.

– Puis-je vous parler en privé? lui demande-t-elle.

Gentil pour Jérémie et moi, non?

Le commissaire en rougit de confusion.

– Vous pouvez parler devant monsieur le directeur, répond-il. Je n'ai rien à lui cacher.

– Je pourrais, mais je n'en ai pas envie, déclare-t-elle. Si vous préférez, je peux repasser?

– Vous savez, nous n'avons rien de nouveau, fait-il en penaudant de plus rechef.

– Moi, si! dit Marie-Laure, et de se diriger vers la porte.

– On vous laisse, tranché-je; tu viens, Jéjé?

Et voilà qu'on se retrouve dans les couloirs sonores de Pébroque House, le *Black* et moi.

– Elle a du caractère, ta délurée! rigole mon pote.

– Trop, grommelé-je.

– Joli morcif, tu as eu tort de la jeter.

– Je déteste les filles envahissantes; si Honnissoit ne se gaffe pas, dans deux jours c'est elle qui dirigera l'enquête.

– De la manière qu'elle opère, ça ne serait peut-être pas plus mal. A propos, elle méritait le détour, ta Chinoise?

– Le voyage, Blanche-Neige! Le voyage! Figure-toi que cette fille surexperte n'avait jamais joui!

– Et toi tu lui as fais prendre un pied monumental?

– Exact.

Il éclate de rire.

– Toutes les putes disent ça à tous les pigeons! Et tous les pigeons les croient!

Je me recroqueville de partout: dans mes godasses, mon slip, ma tronche! Pigeon! Il a dit pigeon! Rentrerais-je dans cette triste confrérie?

Comprenant qu'il m'a blessé, le primate des savanes pose sa patte bicolore sur mon épaule.

– Ne fais pas cette gueule: avec les gonzesses, nous sommes tous des cons, Antoinc. Tous des cons!

– Monsieur le directeu eu eur!

Les trois mots vibrent dans la cage d'escadrin. Penché par-dessus la rampe, j'avise la tête avenante du commissaire Honnissoit qui, elle, est levée.

– La gosse a trouvé l'endroit où s'est rendue Elsa Braker!

Avant de redescendre les marches de pierre, je file un coup de périscope au *Dark*. Ses énormes lèvres à la Armstrong laissent se gonfler une grosse bulle salivaire : il fait ça chaque fois qu'il est abasourdi, j'ai remarqué.

Elle continue de m'occulter avec une farouchité un peu ridicule, je trouve. Rien de plus puéril que de feindre d'ignorer une présence et de passer par l'intermédiaire d'un tiers pour communiquer. C'est son côté « encore petite fille », à cette indomptable amazone.

Honnissoit me tend une boulette de papier défroissée.

– Mlle Pontamousson a trouvé cela dans le cendrier de la BMW des malfaiteurs que vous avez empruntée pour regagner Paris; pourtant nous l'avions fouillée.

– Elle était dans de la cendre de cigare, explique Marie-Laure.

Je lis : *Parking Juvénal. Avenue Général André Sarda. Montrouge.* Suit un numéro de billetterie et une date avec heure en violet bavé.

– Vous auriez pu me le remettre! fais-je à « Miss Crâne-de-Pioche », furax.

Pour toute réponse, elle sourit à la suspension de bureau. M'étonnerait pas qu'elle se biche une mandale dans des délais assez rapprochés de ma rogne.

Honnissoit reprend :

– Mlle Pontamousson a eu l'idée de se rendre au parking et de montrer les photos de la femme Braker aux employés. L'un d'eux l'a reconnue. Il s'est même souvenu qu'elle était en peignoir de bain au petit matin. Elle lui a raconté qu'elle était rentrée pompette et avait abandonné sa bagnole sur le trottoir. Dégrisée, elle se hâtait de la soustraire à la probable fourrière en venant la remiser.

– Pas mal trouvé. Et alors?

Honnissoit soupire :

– Mlle Pontamousson en a déduit que la donzelle demeurait très près du parking.

– C.Q.F.D.

– Comme décidément elle a le feu sacré, elle a entrepris une exploration du quartier, avec ses fameuses photos, visitant les commerçants, les gardiennes d'immeubles, les gérants de kiosques à journaux.

– Résultat?

Cette fois je me plante devant la môme.

– Vous pouvez me répondre directement, je ferai semblant de ne pas entendre!

Ma boutade la désamorce enfin et elle rit! Comme quoi, l'humour est le meilleur des sésames.

– Résultat : des studios meublés, fait-elle. Le couple en louait un depuis quelques jours.

– Voilà du très beau travail, jeune fille. Ça vous dirait d'entrer dans la police?

– Sûrement pas!

– Pourquoi?

– Trop « administratif », je m'y ennuierais.

– Dommage! Venez me montrer ce fameux studio; peut-être l'avez-vous déjà visité?

– J'aurais bien voulu, mais le gérant ne l'entendait pas de cette oreille.

***

Un immeuble récent, béton et verre, avec des balcons en quinconce et l'entourage des fenêtres peint en bleu. Ça ressemble confusément à un motel de ville. Au lieu de gardien d'immeuble, il y a un « office » qui sert de réception et que tient un homme d'une soixantaine d'années, aux cheveux gris ébouriffés, au nez pareil à une maquette de volcan sur Mars. Il porte un complet luisant d'usure, une chemise luisante de crasse et des lunettes qui, par contre ne luisent pas car elles sont opacifiées par de la saleté accumulée.

Au vu des documents officiels que je lui montre, il consent à me conduire au studio 26. Celui-ci se compose d'une vaste pièce divisée en deux parties : côté chambre, côté living. Kitchenette américaine, en bois verni, minuscule salle de bains. L'homme aux lunettes sales me révèle que ce n'est pas la première fois que M. Hans Scheunburger a loué ce studio. Il y est déjà descendu à plusieurs reprises, depuis deux ans. Il retient à l'avance, par téléphone, et y descend soit seul, soit en compagnie d'un homme ou d'une femme. Le prix est élevé, mais il payait largement et sa présence n'entraînait pas le moindre désagrément.

La veille, « la dame » qui, au cours de ce dernier séjour partageait son gîte, a dit qu'il avait dû se rendre à l'étranger précipitamment et qu'elle-même quittait le logement plus tôt que prévu. Elle a payé la totalité de la réservation et elle est partie, laissant une valise contenant les effets de Scheunburger, en affirmant que « quelqu'un » passerait la prendre incessamment.

– Où se trouve-t-elle ? demandé-je.

– Dans un débarras où nous entreposons différentes choses.

– Je vous serais reconnaissant de me la remettre.

– Il me faudrait une pièce qui...
– Naturellement, je vais vous établir un reçu, cher monsieur, sur une carte de la Police judiciaire.
– En ce cas...

Pendant que j'interroge le mec, Marie-Laure se livre à une inspection soignée des lieux, allant même jusqu'à se déplacer à quatre pattes sur la moquette grise. Elle me rappelle un épagneul que mon père a eu, jadis. L'animal était chiot et mon dabe le dressait à repérer des pistes, bien qu'il ne chassât pas. Pour cela, papa promenait une couenne de lard sur le sol, à travers la maison et le jardin, décrivant un itinéraire plein de méandres, de zigzags, de cercles et de « redéparts » qui rendait Dick jobastre.

Quand j'ai signé une décharge à M. Rambuteau, en échange d'une grosse valoche à soufflets, passablement râpée, je demande à ma jeune « auxiliaire bénévole » si elle est disposée à me suivre. Ayant recueilli une réponse affirmative, nous rejoignons la Grande Taule.

– J'ai l'impression que vous passez davantage de temps ici qu'à votre journal, dis-je à Marie-Laure.
– Rassurez-vous, ce n'est que provisoire, répond-elle.

Honnissoit est en « enquête », m'apprend l'inspecteur Herdanflack (d'origine flamande).

C'est donc en présence de Jérémie et de la môme Pontamousson que je fais sauter la serrure de valise. Je comprends que la complice de Scheunburger l'ait abandonnée à Paris. Outre des vêtements masculins (sport principalement), elle contient un revolver, deux pistolets, quatre boîtes de balles destinées à ces différentes armes, une échelle de corde en nylon, d'un volume peu encombrant, un talkie-walkie longue portée, un coffret d'aluminium logeant trois grenades et, pour couronner cet arsenal, si je puis dire, une trousse de médicaments (je qualifie à tout hasard de « médicaments » les fioles mystérieuses qu'elle rassemble). Il est évident que la terrible Elsa ne pouvait pas prendre l'avion lestée de ces ustensiles !

– Sais-tu où s'est rendu Honnissoit ? demandé-je à mon bras droit, lequel est d'un noir d'anthracite qui détonne avec mon bras gauche.

– Je crois savoir qu'on a retrouvé le chauffeur de taxi qui a conduit Elsa Braker à l'aéroport ; il est allé voir le bonhomme à son domicile.

– Cela ne servira plus à grand-chose puisque nous savons maintenant où elle logeait.

Je me sens plein d'incertitudes déstabilisantes. Trop de questions restent sans réponses. Qu'est-ce que la femme Braker a été foutre au Brésil ? Se mettre à l'abri ? Et toujours d'autres points d'interrogation qui reviennent sempiternellement à l'assaut de ma matière grise, tels que l'abandon du fusil qui représente une découverte si rare. Et puis une nouvelle question encore : puisque le couple possédait un refuge, dans les studios meublés du père Rambuteau, pourquoi est-il allé passer la nuit au *Relais du Val Fleuri* ?

Sortie d'amoureux dans un endroit « fait exprès pour » ? Des gens qui mènent une existence d'assassins sont-ils sensibles à ce genre d'escapade ?

Aujourd'hui, Marie-Laure porte un ensemble de daim roux (pantalon, veste ample) et un chemisier vert intense. Plutôt une tenue pour rousse, ça. Mais sa brunité s'en accommode tout de même très bien. Et puis d'ailleurs, la tenue qui lui sied le mieux c'est nue avec juste sa médaille de première communion entre les nichebars.

Elle dit :

– L'affaire de l'hostellerie n'est sortie qu'hier soir aux infos de 20 heures et ce matin seulement dans la presse.

– Et alors?

Elle me toise avec un rien d'insolence; quand les jeunots font montre d'effronterie vis-à-vis d'un aîné, je prie le Seigneur pour qu'Il en fasse des nonagénaires! Petits saligauds!

– Et alors, reprend Miss Rouletabille, Elsa Braker a pris l'avion hier en paraissant « être en deuil », selon la déclaration de l'employée d'Air France. Elle était visiblement sous le coup d'un grand chagrin. A première vue on pourrait croire que c'est la mort de son compagnon qui le provoquait, non? Alors comment pouvait-elle pleurer un homme dont elle ignorait la mort?

– Le fait de rester sans nouvelles de Scheunburger l'a amenée à cette conclusion?

Mais Miss Sherlock est obstinée et se cramponne à ses déductions.

– O.K. : elle est sans nouvelles de son ami; néanmoins, elle boucle sa valise et s'embarque pour le Brésil! Vous trouvez que c'est là une réaction logique?

Jérémie fait brusquement claquer ses doigts et nous quitte précipitamment.

– Où vas-tu, Blanchâtre?

– Taper 36-15 quelque chose sur un cadran!

Il est sorti.

J'en profite pour m'approcher de la mère Pontamousson.

– Je te demande pardon pour ma rebuffade de naguère, murmuré-je. On vit bizarrement, nous les draupers.

Elle s'abstient de toute réaction. Bouderie? Véritable et tenace rancune? Je déteste qu'on me fasse la tronche, surtout lorsque j'ai tort.

– Je sais ce que votre ami est en train de faire, assure-t-elle.

Non : elle rancunait pas mais réfléchissait seulement.

– Et que fait-il?

– Il se met en relation avec le service des réservations d'Air France pour savoir si Elsa Braker est partie brusquement, en prenant un billet à l'aéroport, ou bien si sa place avait été retenue préalablement sur le vol de la Varig.

– Peut-être bien, ma jolie sorcière.

Je mets mes mains en cloche pour en coiffer ses adorables seins.

– Tu as apprécié, nous deux?

– Moins que vous ne le pensez avec votre belle autosatisfaction de mâle.

– Tu paraissais pourtant aimer ça.

– Si c'est l'amour que vous appelez « ça », oui, j'aime « ça ».

– En somme, tu as aimé l'amour, mais pas tellement le partenaire?

– Juste.

– Je croyais pourtant...

– Bien sûr que vous croyiez, du moment que vous vous considérez comme le coup du siècle!

– Tu es vache!

– Franche.

– Tu te venges de ma méchante humeur de ce matin!

Elle pouffe.

– L'art de retomber sur vos pattes! Vous êtes convaincu que je mens pour vous punir! Quel macho! Vous prenez votre sexe pour un sceptre! Le monarque de la baise!

– Je crois bien que je vais vous virer d'ici, la mère !

– Très bien : je me casse !

Elle m'adresse un salut désinvolte de la main. Ne peut sortir car Jérémie obstrue la sortie. Il est rayonnard, le fauve aux dents blanches de carnivore déprédateur.

– Content de vous aussi, hein ? l'apostrophe la petite rosse. Vous venez de découvrir que la Braker avait son billet pour Recife réservé depuis cinq jours. Et qu'elle devait voyager en compagnie de deux hommes qui sont morts l'un et l'autre : Hans Scheunburger et Antonin Pétsek. Je vous ai devancés sur ce tuyau, les as !

Elle disparaît dans un tourbillon, à croire qu'il s'agit d'un dessin animé !

CHAPITRE XIII

JUXTAPOSER : *poser une chose à côté d'une autre chose.*

Son regard ressemble à deux anus rapprochés, sa bouche à un sexe féminin placé de travers, son nez à un escargot de l'espèce « petit gris ». Il a la boule à zéro, mais s'en console en portant une casquette de marinier.

– Voici M. Chtank, déclare Honnissoit. Il est chauffeur de taxi et c'est lui qui a chargé Elsa Braker pour la conduire à l'aéroport hier après-midi. Il a bien voulu m'accompagner afin qu'on enregistre sa déposition, laquelle ne manquera pas de vous intéresser, monsieur le directeur.

En regardant Chtank, je pense que les fameux taxi-drivers d'autrefois, ex-princes ou officiers de la Russie impériale pour la plupart, ont disparu des artères parisiennes pour laisser la place à des Asiatiques et à nos chers Nordafs.

– Il était stationné aux Gobelins quand cette dame en noir et en pleurs (les deux étant souvent complémentaires) s'est pointée en coltinant un gros sac de cuir bardé de sangles. Elle lui a demandé de la conduire à l'arrêt au porcs, mais en faisant un crochet par l'avenue George-V.

Et moi, d'entendre ça, me cause un phénomène de fripage de testicules dans la zone subtropicale, avec élancements dans les pines dorsales que je te dis que ça!

La Braker va prendre l'avion, dont elle SAIT que son coéquipier et amant (je présume) ne sera pas du voyage prévu. Ce qui revient à dire qu'elle est au courant de sa mort. Qui l'en a informée? Secundo, pourquoi s'est-elle rendue avenue George-V avant de quitter l'Europe?

– A quel numéro de l'avenue George-V? demandé-je à l'homme au regard en doubles trou-ducs.

– Elle m'a dit : « En face de *Marius et Jeanette*, le célèbre restaurant de poissons. »

– Qu'a-t-elle fait une fois là-bas?

– Elle est entrée dans un immeuble situé au niveau de la station de taxis.

– Elle y est restée longtemps?

– Quelques minutes.

– Tenait-elle quelque chose à la main en descendant de votre voiture? Un paquet, une lettre, je ne sais pas?

– Rien d'autre que son sac à main. Je m'en souviens parce qu'elle est revenue sur ses pas pour le prendre sur la banquette arrière. Même que je lui ai demandé si elle craignait que je la vole. Et elle a haussé les épaules en disant : « Oui, j'avais peur que vous me dérobiez mes Tampax! »

– Donc elle n'a été absente que peu de temps?

– Je dirais cinq minutes maximum.

– Vous n'avez rien remarqué dans son attitude?

– Non. Vous savez, je perds pas mon temps à dévisager les clients, ni les clientes, à moins qu'elles ne soient très jolies, et c'était pas le cas de la dame en question.

– Ensuite, ç'a été l'aéroport?

– Exact.

– Rien de particulier à nous signaler? Par exemple, quelqu'un l'attendait-il?

– Personne. Elle a mis son gros sac sur un chariot qui se trouvait là par miracle et m'a payé, grassement d'ailleurs.

– Vraiment?

– J'avais trois cent trente balles au compteur : elle m'a tendu un billet de cinq cents et m'a dit de tout garder. Elle a ajouté entre ses dents : « Je n'aurai jamais plus besoin de devises françaises. » J'ai senti qu'elle en avait gros sur la patate de la France. Elle a dû y subir un gros chagrin : dans mon bahut, elle n'a presque pas cessé de pleurer!

Une fois « philippine-trou-de-balle » parti, je remonte courageusement le courant de ma perplexité.

– Honnissoit, je vous conseille de retourner au *Relais du Val Fleuri* et de remettre votre enquête sur l'établi. J'ai dans l'idée que le couple maudit s'y trouvait pour y rencontrer quelqu'un et que c'est ce quelqu'un qui, plus tard, a informé Elsa Braker de la mort de son mec. Questionnez bien à fond, TOUT le personnel ainsi que les aubergistes, naturellement. Du boulot en profondeur. Passez prendre Pinaud chez Bérurier pour vous assister, il n'y a pas mieux que ce cher Fossile pour tirer les vers du nez des gens sans avoir l'air d'y toucher. Avec lui, ce ne sont pas des interrogatoires, mais des confessions.

– Je sais, sourit Honnissoit, sa réputation est proverbiale; votre idée est excellente, monsieur le directeur.

Exit Honnissoit.

– Quant à nous, c'est l'Éternel Retour avenue George-V, non? ricane le dattophage.

– Sénégalais! m'écrié-je en parodiant la voix de De Gaulle, vous m'avez compris!

– C'est l'histoire d'un ministre noir qui se présente à Paris, dans un ministère, afin de rencontrer son homologue français, commence Jérémie, assis à mon côté dans ma 600 SL gris perle métallisé, capote noire. L'huissier lui tend une fiche à remplir : nom du visiteur, etc. Le Noir regarde la fiche d'un air contrit. « Je ne sais pas écrire ! » avoue-t-il à l'huissier. « Qu'à cela ne tienne, Excellence. Comment vous appelez-vous ? » « Bambouli Bamboula. » « Tracez deux croix sur cette ligne. » Le ministre s'exécute et l'huissier se dirige vers le cabinet ministériel. « Attendez ! » s'écrie le Noir. Il récupère le carton et trace une troisième croix devant les deux premières. « Docteur Bambouli Bamboula », fait-il en se rengorgeant.

Jérémie se marre. Moi peu, et par politesse.

– Je la connaissais, m'excusé-je. Si je te l'avais racontée, tu me traiterais de raciste !

– Bien sûr ! admet mon pote.

Il se met à déclamer du Cyrano :

– « Je me les dis parfois avec assez de verve

« Mais je ne permets pas qu'un autre me les serve. »

Moment de silence ; nous poireautons à un carrefour où un camionneur en pleine alcoolémie vient d'emplâtrer la tuture d'une dadame qu'il traite de « crevure tarée », de « peau de con », de « charognerie vivante », de « suceuse de crouilles », de « tas de cellulite », et de « morue daubée », qualificatifs désobligeants qui rendent la victime livide et menacée d'une ménopause accélérée.

– Tu sais, murmure M. Blanc, je suis content de retourner faire un tour chez le colonel.

– Pour quelle raison ?

– Je sens qu'en dehors des meurtres, il s'est joué

là-bas un autre drame. Quelque chose s'y est produit qui a complètement chamboulé le programme des criminels. A preuve : ils devaient se rendre tous les trois au Brésil, donc la mort d'Antonin Pétsek n'était pas décidée. Mais il y a eu un élément imprévu chez le colon, qui a amené le couple à supprimer son complice.

Il dit vrai et je t'avoue que je roulais les mêmes suppositions dans ma boîte crânienne carrossée grand luxe par maman.

Ces gens sont arrivés à trois, lestés du fusil. Ils sont repartis deux, sans leur équipier et sans le fusil. Matière à réflexions, non?

On a apposé les scellés sur la porte du défunt colonel Lemercier. Un silence que trouble à peine la rumeur de l'avenue plonge l'immeuble dans une solennité grisâtre.

Jérémie murmure, montrant la ficelle aux cachets de cire rouge pareils à des impacts de balles dans de la viande :

– Ce n'est pas ici que la Braker est revenue, hier : les scellées sont intacts.

Non, effectivement, ce n'est pas ici.

Comptine :

Va chez la voisine
Je crois qu'elle y est
Car dans sa cuisine
L'on bat le briquet.

Bon, alors je sonne chez les Masturbeaux. J'aurai toujours le plaisir de revoir Nathalie. Tiens, ça c'est un chouette coup! De la bonne décapeuse de pafs, dure à l'ouvrage, initiée aux techniques les plus perfos!

Mon coup de dring-dring se dilue dans une émission de télé : Role lent gare os.

Le Russe Bouftapine opposé à l'Américain Okram Oisy. Déjà deux sets pour le Ricain, qui vient de réussir un *ace* de toute beauté. Malheureusement la balle a terminé sa trajectoire dans les claouis d'un juge de ligne.

Les occupants de l'appartement doivent suivre le match avec intérêt et n'entendent pas mon carillonnage. Dès lors, je réitère ma violation de domicile de l'autre jour; pourquoi se gêner?

A peine la porte s'ouvre-t-elle que j'avise ce benêt d'Aldebert, allongé sur le parquet de l'entrée avec la tartine éclatée vilainement. Il s'en est morflagué une juste sous le nez, là que ça ne pardonne pas! Travail rapide, imparable. Une seule bastos a suffi pour faire de ce cadre brillant un mort obscur.

Je l'enjambe pour partir à la recherche de sa Nathalie jolie, gredine affamée de bitougnettes.

Rien dans le livinge, non plus dans la cuisine. Mais dans la chambre où j'ai eu l'honneur de la tirer, oui!

Vue d'ensemble : un tableau décroché, figuratif, qui représente le Grand Canal de Venise. Dans le mur, un coffre scellé que la toile dissimulait. Ruse diabolique dont l'originalité m'impressionne. La porte blindée du petit placard d'acier est restée ouverte. A l'intérieur : deux compartiments. L'un est vide, l'autre contient des écrins à bijoux, des documents liés par des rubans.

A côté de la toile vénitienne : Nathalie, face contre moquette. Pour elle, ça s'est pratiqué dans le chignon. Là encore : une seule quetsche. Mais bellement administrée : dans le creux de la nuque, là où l'on aime leur déposer des bisous avant le radada cosaque.

« Tout cela en trois minutes! songé-je, me conformant à l'estimation du chauffeur de taxi, dont les yeux sont pareils à des anus éprouvés. Belle performance, même pour une tueuse professionnelle. »

Son taxoche l'attendait en bas. Elle a sonné, Aldebert lui a ouvert. Sans perdre un instant, elle l'a plombé. Ensuite elle a menacé la môme Nathalie, terrorisée, afin de se faire ouvrir le coffre-fort. Elle y a pris ce qu'elle souhaitait, puis a abattu ma gentille friponne. Bref, elle est venue faire le ménage avant d'abandonner notre cher continent.

Qu'est-elle venue chercher? De l'argent? Ça me surprendrait. Jérémie qui a découvert l'horreur à ma suite semble confondu.

– Cette fille ne recule devant rien! murmure M. Le Noir.

Je suis en train de comprendre que les Masturbeaux furent quelque part complices des assassins d'à côté. Voilà pourquoi la couille-molle d'Aldebert engueulait sa gerce parce qu'elle avait parlé. Mais sacré bavordavel, quel genre de collusion avait bien pu s'opérer entre les deux couples? De quoi en perdre son latin et son bandage herniaire!

– Le rôle de ces deux-là a dû être déterminant pour qu'on les extermine ainsi, note M. Blanc.

Le verbe « exterminer » me paraît judicieux.

EXTERMINER : *massacrer, faire périr entièrement ou en grand nombre.* Voilà qui cadre bien avec les événements que nous vivons. Tous ces gens froidement supprimés finissent par constituer un massacre : le colonel, la gardienne, Pétsek, les deux policiers, Scheunburger, Nathalie et Aldebert Masturbeaux, et peut-être le professeur Raspek si le fameux fusil a bien été utilisé. Ils s'y entendent pour faire de la place sur la planète, ces mecs d'Europe centrale. Maintenant, bien que le trio du départ soit réduit à une individualité (Elsa Braker), leur mission va se produire sous d'autres cieux.

J'explore le coffre mural. Il ne contient que des bijoux de moyenne valeur, une dizaine de louis d'or dans une boîte, deux mille dollars en coupures de cent, la copie d'un acte notarié concernant un viager établi avec une vieille parente du Périgord et un petit paquet de photos, retenues ensemble par un élastique, représentant le couple Masturbeaux en train de se frictionner le lard, quelque dix années en arrière. Ces images furent prises par un appareil à déclenchement retardé. La plus réussie représente Aldebert occupé à calcer sa bonne femme en levrette. Là-dessus, le pauvre con se prend pour un dresseur de fauve. Il tient la chevelure de Nathalie de la main gauche et, de la droite, brandit le poing comme un footballeur venant de rentrer un but.

– Il ne s'agissait pas d'un vol, n'est-ce pas ? me fait Jérémie.

– Je ne le pense pas, car le coffiot contient du pognon et des bijoux en or.

– Tu formules une hypothèse?

– Vaguement.

Dans cette profession de merde qu'est la nôtre, nous passons notre temps à nous interroger les uns les autres, pour si des fois il s'en trouverait un de plus fufute que soi-même. On s'espionne, en réalité. On suit nos mutuelles pensées pas à pas, si je peux dire. On espère toujours que le copain va trouver un des deux bouts de l'écheveau et qu'il ne restera plus qu'à désembrouiller le paquet. Et que, tout compte fait, on touchera le premier au but. Des vrais chacals alignés dans une course à la charogne!

– Tu me racontes? insiste l'époux de la belle Ramadé.

– Un groupe de terroristes ou assimilés. Voire

simplement un couple : Scheunburger et Elsa Braker. Chargés d'une mission qui est de neutraliser le professeur Anton Raspek. Pour ce faire, ils bénéficient de l'aide d'un complice : le journaliste Antonin Pétsek, lequel connaît le professeur et bénéficie même de son amitié. Une planque est organisée chez le colonel en retraite simplement parce que ses fenêtres sont en prise directe avec le restaurant *Marius et Jeanette.* Le trio investit le logement de l'officier supérieur et le supprime en le noyant dans sa baignoire.

– Tu permets? fait Jéjé en levant le doigt comme un gosse qui réclame pipi.

– Oui?

– Tu ne trouves pas que c'est là une mort trop élaborée de la part de gens qui ont la gâchette facile?

– Le bruit...

– A-t-elle eu peur du bruit, la Braker, pour trucider ce couple? Tu penses bien qu'elle avait un silencieux. S'ils se sont comportés différemment avec le colon, c'est parce qu'ils voulaient le faire parler. Le gadget de la baignoire existe depuis les Romains.

– Bonne remarque, déclaré-je. Je continue?

– Je t'en prie.

– L'attentat prévu s'est-il opéré vraiment? Est-ce ce fusil qui a donné une mort différée à Raspek? Mathias en est convaincu. Cela dit, perpétré ou pas, l'attentat a créé un différend dans le trio et l'on a étranglé Pétsek. Maintenant, une question à cent francs : qui m'a téléphoné en face, et dans quel but? Je ne pouvais que foutre la merde!

– Peut-être était-ce ce que l'on espérait?

– Pourquoi dis-tu ça?

Le Noirpiot hoche sa tête capitonnée d'astrakan :

– Parce que nous sommes à un point d'incohérence d'où nous ne nous échapperons qu'après avoir tout envisagé. TOUT.

– C'est vrai, me résigné-je-t-il. Je vais tenter de poursuivre mon déraisonnement. Après la suppression (rapide celle-là) de la pipelette, ils vont placer un avis sur la vitre de sa loge pour justifier son absence, des fois qu'on viendrait la relancer chez Lemercier... Ensuite, meurtre du journaliste tchèque. Puis décarrade du couple d'équarrisseurs. Maintenant, plage de méditation pour essayer de résoudre la question suivante : à quel moment sont-ils entrés en contact avec les Masturbeaux? Était-ce avant la préparation de l'attentat? Pendant? Après?

– Délicat, répond Blanc. Je n'ose me prononcer.

– Moi, je dirais « pendant ».

– Qu'est-ce qui t'incline vers ce point de vue?

Je tapote mon tarin.

– Ça, comme toujours. Mon honorable subconscient me chuchote que l'incident technique qui les a amenés à supprimer Pétsek leur a filé par la même occasion les Masturbeaux dans les bras. Ils ont dû composer avec eux en employant la menace ou le fric.

– Les deux mille dollars?

– Sûrement pas; les consciences valent plus qu'une dizaine de milliers de francs! On pourrait fouiller leur appartement.

– Exact, grand, on pourrait!

Opération « peigne fin »!

Toujours, dans les polars, t'as des draupers qui passent des appartements ou des maisons « au peigne fin ». L'auteur est content d'écrire ça et ses aficionacons de le lire. Ça fait « maison sérieuse ».

Mais nous, tout ce qu'on découvre, c'est l'arme du double assassinat, et encore n'était-elle pas « cachée », à proprement parler puisque la funeste Elsa s'est contentée de la jeter dans la poubelle. Elle ne pouvait se présenter à l'embarquement avec une seringue longue de 32 centimètres à cause du silencieux !

On glisse le feu dans un sac à poubelle pris au dérouloir et on l'emporte.

De retour sur le palier, je m'immobilise.

– Une seconde, Blondinet, faut que je m'assure de quelque chose.

Je réenjambe les deux cadavres en évitant de marcher dans les vilaines flaques et me rends dans la salle de bains des Masturbeaux. Nous l'avons dûment visitée, mais ce n'est pas aux placards ou aux objets que je m'intéresse ; toute mon attention se porte sur le mur auquel est appuyée la belle baignoire vert pâle du couple. Cette cloison est revêtue de trèfles en porcelaine, d'un vert sombre, sertis dans le plâtre. Ça « donne » bien, comme disent les braves gens. J'enjambe le bord de la baignoire pour étudier chacun des trèfles-carreaux (si je puis). Je les examine l'un après l'autre, jusqu'à trouver celui qui m'intéresse. Il est bien à sa place, à la hauteur que je supposais. Celui-là est pourvu d'une ventouse de caoutchouc munie d'un crochet auquel on suspend un gant de toilette. Si tu tires sur le crochet, le carreau vient avec et tu peux alors mater chez le voisin.

Je remets tout en place et vais rejoindre mon grand Noir sans crème.

CHAPITRE XIV

GRAVITATION : *force en vertu de laquelle tous les corps s'attirent en raison directe de leur masse et en raison inverse du carré de leur distance.*

Mon sourire énigmatique lui fait se pourlécher les labiales, Jérémie. Il en augure du bon. Sa menteuse ressemble à une grosse épluchure d'aubergine, ses lèvres à un club sandwich.

– Oui? il demande, comme ça, à blanc.

– Oui! réponds-je à Blanc.

Et d'aller à la porte du colon pour en faire sauter les scellés du geste auguste du semeur. Cric-crac, sésame.

Toujours cette sale odeur de mort et de sang. Faudrait laisser toutes les fenêtres ouvertes et, après une longue aération, gicler du déodorant citronné, voire au pin des Vosges.

Je le dis toujours, les hommes, ce qu'ils ont de pire, c'est leurs odeurs. Sans cesse obligés de se briquer la viande fond en comble pour ne pas puer merde, sueur, menstrues, aigreurs infamantes. Premiers secours? Le parfum! Cacher la merde au chat et la sienne itou!

Or donc, nous revoici chez feu mon colonel! Mes respects, mon colonel! Toute la hideur d'un appartement de vieux veuf!

– Cherche! fais-je à Jérémie.

– Volontiers, mais quoi?

– Un appareil photo.
– Ah bon?
Il demande, avec l'humour d'un type qui est descendu de ses cocotiers pour préparer une thèse sur Montaigne :
– De quelle marque?
– Kodak à soufflet des années 30, réponds-je impavidement.
De mon côté, je m'y colle. La grande farfouille! Tiroirs, placards... Zob! *Nada!* Inscrivez peau de balle sur le registre des désilluses.
L'anthropoïde fructivore me rit au nez, large comme une tranche de melon d'eau.
– Le Grand Sorcier blanc ne l'aurait-il pas dans le cul, pour une fois? fait-il en adoptant son accent *Autant en emporte le vent* postsynchronisé.
Mais j'ai à la fois mes certitudes et mes pressentiments. Quand ils font corps, ça se concrète.
Je me pince les lobes oculaires entre le pouce et l'indesque (Béru). Miroska, vous êtes avec moi? Simple question de connexion mentale.
– Le mage Antonio est en transe? dit Jérémie. Perçoit-il des flashes?
– La salle de bains! dis-je-t-il.
– Déjà explorée!
– Au verso de la porte : deux patères!
– Et un *Ave*! complète le gouailleur.
– Une serviette de bain accrochée à l'une d'elles! articule le médium. Allez la soulever, sergent!
– A vos ordres, mon général!
Il fait, revient, penaud, en tenant au bout de son doigt replié la dragonne de cuir d'un appareil photo.
– Ce n'est pas un Kodak, tente de jubiler cet arrière-petit-fils d'orange-outange.
Mon regard peu amène lui glace la moelle. Il fait soumission en murmurant :

– Chapeau!
– L'appareil est-il chargé, sergent?
Il mate le dos du Kékon.
– Il l'est, mon général!
– La pellicule a-t-elle été utilisée?
– En partie.
– Combien de photos prises, sergent?
– Trois, mon général.
– Développement immédiat!
Et nous nous ruons au labo du Grand Poulailler.

***

J'ai été bien inspiré de m'embourber cette pauvre Nathalie avant qu'on la décervelle. Exquis brin de femme. La trente-cinquaine florissante, là où une gonzesse contrôle encore ses formes avant de se laisser vacher, ce qui leur survient un peu plus tard, inexorablement.

Le premier cliché ne me permet de la reconnaître que parce qu'elle m'a fait les honneurs de son corps. Il la dévoile (dévoile est le mot juste) du sommet des seins à mi-cuisses. Son triangle de panne est raffolant : d'un noir de jais, sobrement frisé. Elle y glisse un doigt subtil qui vous met illico le cadran solaire sur midi pile! Le second a été pris d'un peu plus loin et la laisse admirer presque entièrement. Il est clair que la dame s'interprète le grand air du *Barbier de Séville* à la mandoline baveuse. Elle se sait flashée, de toute évidence, et ce voyeurisme accepté excite la donzelle. Photo prise à travers le trou du mur dont les contours mettent du flou autour de l'image érotique. La troisième photo prise est un plan moyen. Nathalie a un pied posé sur le rebord de la baignoire, ce qui l'oblige d'ouvrir ses belles cuisses, n'est-ce pas? De sa main gauche, elle écarte sa bouche inférieure et, de la droite, en astique les jolies babines.

– C'était une terrible, non? diagnostique son camarade à la peau de baleine.

– La femelle en rut dans toute sa splendeur! acquiescé-je.

– En somme, elle offrait un numéro hard au colon?

– Qui te dit qu'elle « l'offrait », mon beau Diamant noir? Tu sais, des petites-bourgeoises qui arrondissent leurs fins de mois en ayant des complaisances envers des vieux schpountz, ça date de longtemps. Dans Maupassant, elles fourmillent.

– Donc, elle aurait accepté que la cloison soit percée pour, quand il le demandait, faire des cochonneries devant le vieux mateur?

– Je le crois.

– Elle se savait photographiée?

– Bonne question, mais à laquelle il m'est impossible de répondre.

***

Je nous sers deux bloodies-mary. On se les gurgite, assis face à face dans des fauteuils de cuir.

– J'ai les crocs, annoncé-je. Je ne me souviens plus de quand date mon dernier repas. Tu viens bouffer à la maison? Je téléphonerai à m'man de nous préparer un frichti qui sorte de l'ordinaire. Que penserais-tu d'une omelette aux morilles pour commencer? Avec un petit cahors très fruité? On lui laisserait le champ libre pour le plat de résistance?

– Si tu veux, accepte d'emblée mon ami.

Il sourit.

– Curieux cette place que la bouffe tient dans votre existence, les Blanchâtres.

– Celle qu'elle mérite, mon vieil oniromancien! Nous mangeons trois fois par jour, et cette répétition constante nous entraîne, nous, gens civilisés, à varier la chose pour lui garder son attrait. Vous autres, ci-devant cannibales, n'avez que le souci de vous remplir la panse avec n'importe quoi : manioc ou cul d'éléphant !

– Si nous disposions d'Hediard et de Fauchon, nos goûts seraient certes plus développés, mais dans des régions où l'appétit n'a pour répondant que la famine, il en va autrement, riposte M. Blanc. Mon grand-père paternel a mangé un missionnaire. Manque de bol, il était coriace car c'était un évangéliste protestant !

Au moment où je décroche mon biniou pour alerter Félicie, Honnissoit et Pinaud reviennent de leur expédition.

Ils ont plein d'autosatisfaction dans la prunelle, ce qui laisse présager du positif.

– Affaire rondement menée ! déclare le commissaire.

Fair-play, il ajoute en montrant César :

– Ce type a davantage de jugeote que tout le restant des effectifs que comporte cette honorable maison. Savez-vous ce qu'il a fait, pendant que nous mettions les gens de l'hôtel sur le gril ? Il s'est fait remettre la liste des réservations pour le jour où le couple d'assassins se trouvait à l'hostellerie. Ensuite, il a téléphoné chez *Marius et Jeanette* ct s'est fait lire les réservations qu'ils ont prises le soir des meurtres d'en face. Tenez-vous bien, monsieur le directeur...

– Un même nom se trouvait sur les deux listes ? intervient Jérémie.

Honnissoit se retient de le traiter de salaud pour lui avoir carbonisé son effet, mais ses yeux sont chargés des pires maléfices.

– Exact ! jette-t-il, comme on recrache une esquille d'os de lapin provenant d'un civet.

– Mieux encore! fait Pinaud, sûr de son effet.

– Le type en question se trouvait en compagnie du professeur Raspek? deviné-je, ce qui achève de déconviendre les arrivants.

– Oui, piteuse le Fossilisé.

Je tends la main, chef mendiant souverain, sûr de l'obole qu'il attend.

C'est Honnissoit qui sort une feuille de carnet et me la présente.

Séminal Tabriz.

– C'est tout? demandé-je.

Pincé, le commissaire grommelle:

– Dites, ça vient de sortir, c'est tout chaud, il faut mettre ça dans l'ordinateur.

– Eh bien! mettez, mon bon, et poussez les feux, ça urge!

CHAPITRE XV

ÉCHAFAUDER : *élaborer en combinant des éléments souvent compliqués.*

C'est une vaste galerie de tapis, dans le quartier de la gare de l'Est. Pas pimpante du tout. Trois vitrines aux verres farineux. Façade dépeinte, dans les ton brun caca, où les chiens de l'arrondissement viennent à tour de rôle marquer leur territoire. Une large enseigne annonce en caractères tire-bouchonnés, pour faire oriental : « Au Palais du Tapis ».

On entre, Blanc, Béru et moi, et dedans ça pue le suint, les tapis accumulés, l'antimite. L'endroit est mal éclairé. Des quantités monstrueuses de tapis sont entassés sur le sol ou accrochés contre les murs. Il en pend aussi du plafond, depuis des tringles de bois. Les Mille et Une Nuits pour souks et méchouis !

Un employé « de là-bas », vêtu d'un beau complet beige à rayures blanches s'avance vers nous, déférent.

– Nous aimerions parler à M. Tabriz, dis-je-t-il. Pour une affaire commerciale importante.

– De la part de qui ?

Jérémie déclare, avec une belle péremptoirité :

– Brakmar El Smoul, de Bagdad.

Un Noir, en l'eau cul rance (je ne peux pas m'en empêcher), lorsqu'il est bien saboulé, qu'il porte des lunettes teintées cerclées d'or est pris au sérieux. L'homme au beau costard à rayures blanches disparaît dans des profondeurs poussiéreuses et obscures.

Il revient, peu après, escortant un type chauvissant, dont les ultimes cheveux gominés à mort lui composent une espèce de casque noir arachnéen. L'arrivant a, chose étrange, des sourcils complètement blancs, très fournis, le teint bronze, le nez fort, agrémenté d'une cicatrice probablement due à un barbier maladroit, des dents éblouissantes. Il porte une gandoura de soie noire à broderies d'or et d'argent par-dessus une chemise blanche et un pantalon européen gris à rayures.

– Bonjour, messieurs. Vous désirez me voir, m'a-t-on dit?

Il parle un français tourterelle, roucoulant et légèrement zozoteur.

Je décide de prendre la nationale et d'oublier les quatre chemins. Lui tends ma carte.

De visite.

Sur laquelle on a gravé en caractères élégants, agréables au toucher : *Directeur de la Police Judiciaire.*

Il en prend connaissance, m'adresse une courbette de cérémonie.

– Très honoré, fait-il en me la rendant.

Je la renfouille; au prix où est l'impression de classe, on ne peut plus se permettre de gaspiller ou de noter des adresses de putes au dos.

Il nous regarde brièvement, nos expressions closes le déconcertent un peu.

– Voulez-vous qu'on aille dans mon bureau? propose M. Séminal Tabriz.

– C'est faisable, admets-je.

Cheminement à travers un stock invraisemblable de tapis, certains sont d'Orient, d'autres désorientés;

il y a également du chinois, vachetement lourdingue et même du nordaf à l'odeur du bouc en rut. Ça devient de plus en plus obscur, à croire que le sultan de ce palais du tapis économise dur dur sur la fée lumière. Mais comme on distingue le jour au bout d'un tunnel, un halo de clarté nous attire tels des papillons, tout là-bas.

Notre caravane s'en approche. Et un chamelier sort silencieusement du *dark* avec un plateau de cuivre ciselé soutenant de minuscules verres enrichis de dorures et une aiguière-samovar contenant du thé à la menthe.

Le bureau de Séminal Tabriz est un vaste aquarium rectangulaire où se trouvent rassemblés des vitrines contenant de petits tapis de prière, anciens et en soie, des sièges bas, ouvragés dégueulades, d'où l'on doit avoir un mal de spéléologue à s'arracher quand on a commis l'imprudence de s'y asseoir.

Et justement, le marchand nous propose d'y déposer nos armoires à deux portes. Béru accepte; s'agenouille en ahanant dans un premier mouvement, puis pivote pour porter sa rampe de lancement sur l'un des sièges.

Bien sûr, il a choisi le plus frêle. Cela produit un bruit identique à celui que font deux noix écrasées au creux d'une main bûcheronne. Le fauteuil étant bas, Béru ne subit qu'une maigre secousse et remet à plus tard de regarder les dégâts.

Excepté les nombreux fauteuils, il existe dans la pièce, peut-être pour justifier sa qualification de bureau, une table mazarine, noire avec des incrustations de nacre. Un sous-main en cuir de Cordoue sur lequel Tabriz traite des affaires en sous-main, sert de capiton au cul policier que j'y dépose.

M. Blanc reste debout pour admirer les tapis de soie; il les effleure de ses longs doigts de pianiste de jazz.

– De toute beauté! assure-t-il.

– Merci, fait Tabriz. Puis-je vous renouveler ma question, monsieur le directeur, que désirez-vous?

– Je vous fais remarquer que vous ne l'aviez pas encore posée, riposté-je; mais je suppose que vous la pensez très fort. Il s'agit là d'un phénomène subconscient qui translationne nos pensées intimes et nous les fait extérioriser.

Il caresse la croûte de sa chevelure; on dirait également une carapace d'insecte écœurant.

– Cela est possible, fait-il de sa voix de miel coulant pour pâtisserie turque.

Il ajoute avec un air de faux jeton:

– Il n'empêche que j'aimerais avoir une réponse.

– Ma réponse est une question, retourné-je. Connaissez-vous le professeur Anton Raspek?

Son gros sourcil droit remonte de deux centimètres par rapport à son coéquipier de gauche.

Je lis sur sa physionomie une hésitation qui se limite à quelques fractions de seconde.

– En effet; quelle curieuse demande!

– Pourquoi?

– Eh bien parce que je viens d'apprendre son décès.

Son esclave à la théière à col de cygne verse de la pisse d'âne brûlante dans les petits godets. Quand quatre verres sont servis, il commence la distribution.

Jérémie en prend un, moi z'aussi (comme dit Mme Remuduc, qui tient la graineterie sur la place Jean-Moulin).

Quand on penche le plateau vers Sa Majesté, il bougonne:

– Non, mon pote: jamais d'eau chaude pendant les r'pas, et surtout pas z'entr'. Par cont', si t'aurerais un coup d'raide, j'm'lais'rais faire une douche volante[1].

Le serviteur muet, qui ne comprend que sa langue natale, n'enregistre que le refus, lisible sur la trogne du Gros, et fait l'impasse en ce qui le concerne.

– Puis-je vous poser différentes questions au sujet du professeur? reprends-je avec ma pugnacité incoercible.

– Je suppose que vous êtes ici pour cela? répond Tabriz (de mai) avec un beau sourire... de marchand de tapis.

– Quelles étaient la nature de vos relations avec Raspek?

– Purement amicales. Nous nous sommes connus à Damas.

– Et vous avez fait un bout de chemin ensemble? dis-je pour ma seule satisfaction, car il est fréquent que je me livre à des solos d'humour, manière de m'entretenir l'esprit.

– Je vous demande pardon?

– C'est moi, éludé-je. Que faisait Raspek en Syrie?

– Je ne sais plus s'il s'agissait d'un voyage d'étude ou d'agrément. J'avais à l'époque un grand magasin dans les souks. Il voyageait avec sa femme. Il est entré pour marchander un tapis de prière vieux d'un siècle. Nous avons parlé, j'ai pris un tel plaisir à sa conversation que j'ai offert le tapis à son épouse.

– Vous êtes fastueux, monsieur Tabriz.

– Rarement, mais j'ai pour habitude d'accomplir une largesse au moins une fois dans l'année. Je dois dire que j'admire profondément les scientifiques. Il ont souvent beaucoup de génie et peu d'argent. Depuis lors nous entretenions des relations qui m'honoraient.

1. Pour « douce violence, très probablement.

– Quand l'avez-vous vu pour la dernière fois?

– La veille de sa mort, il m'a emmené dîner dans un excellent restaurant de poissons de l'avenue Montaigne ou George-V, je n'ai guère fait attention.

– C'est lui qui vous traitait?

– Il avait insisté; depuis son prix Nobel, sa situation financière était devenue beaucoup plus confortable.

– L'annonce de son décès vous a surpris?

– Surpris et surtout bouleversé.

– Il vous parlait de ses travaux?

– Grand Dieu non! Ce genre d'homme livre son cœur mais pas son cerveau!

– Le nom de Hans Scheunburger vous dit quelque chose?

Paf! Au détour du bla-bla sur Raspek, je lui fais une passe brutale sur Scheunburger; attrape ça dans les gencives mon vieux Séminal. L'homme reste un pas vite (comme dit Bérurier). Pourtant, dans son œil, le cristallin devient rectangulaire, comme chez les chèvres ou les chats.

– Répétez-moi ça? demande-t-il.

Je.

Il exécute une moue négative.

– Je n'ai jamais entendu parler de cette personne.

– Et de *Frau* Elsa Braker?

– Pas davantage.

Devant mon silence, il pousse l'innocence jusqu'à murmurer :

– Je devrais les connaître?

– Vous avez dîné, l'autre soir, au *Relais-château du Val Fleuri*, crois-je savoir?

– Effectivement.

– Ce couple s'y trouvait.

Il a un rire frileux.

– Il s'en trouvait beaucoup d'autres.

– Hans et Elsa suivent décidément un même cheminement que vous car ils étaient dans l'immeuble qui fait face au restaurant où vous avez dîné avec Raspek, au-même moment! Hasard?

– Sans aucun doute puisque je ne connais pas ces gens.

Ferme sur ses positions, le Tabriz. Volonté de fer. Je sens le sol se dérober. Ce n'est pas un délit de dîner en compagnie d'un savant, la veille de sa mort; pas davantage que de se trouver dans une hostellerie au même moment qu'un couple criminel. Nous ne possédons aucun témoignage de gens assurant avoir vu Séminal Tabriz en conversation avec l'un ou l'autre des deux bandits au *Val Fleuri*. Nous ne disposons que de deux coïncidences : ils se trouvaient très proches les uns de l'autre, primo avenue George-V, secundo à l'auberge. Quel jury mordrait dans cette tarte aux poils?

Mon indécision se voit comme le pont du Rialto au milieu de Venise. L'autre en jubile jusqu'au terminus de son rectum.

Et c'est alors que l'Afrique noire vient au secours de l'Europe occidentale.

– Tu permets? me fait l'Othello de service.

Indécis j'accepte d'une hochure de tronche.

Jérémie reprend :

– Mon avis est qu'il est préférable de jouer cartes sur table avec M. Tabriz; ce n'est pas un « client » ordinaire.

– Client! s'exclame le marchand de tapis. Pourquoi ce mot?

– Simple terme de métier, répond Mister White. Nous appelons ainsi les suspects qui se trouvent dans notre collimateur.

Lala, il se mouille vilain, l'ami! Comment qu'il secoue le cocotier; il va pleuvoir des bosses et des plaies avant lurette!

– Mais, monsieur! bondit Tabriz, je ne vous permettrai pas de...

– Mollo, le melon! fait gentiment Béru, tu n'vas pas nous prend' tes nerfes au moment qu'ça d'vient intéressant.

En bon chien de garde, il aboie dès qu'un maître élève la voix, sort ses crocs, caresse ses superbes poings que ferment habituellement la rogne et le sommeil[1].

– C'est un scandale! crie le gnaf, sans parvenir pour autant à ressembler à François Marchais.

– Avec trois lettres, j'éclaire votre lanterne, reprend l'éminent M. Blanc, creusant plus encore l'abîme de perplexité qui me flanque le tournis.

– Comment cela? tonne Séminal Tabriz.

– B.M. double V! énonce Fleur de Bananier.

– C'est-à-dire?

– Vous le savez bien!

Puis se tournant vers moi :

– Je pense quenous serons plus à l'aise à la P.J. pour parler avec monsieur, preuves en mains, tu ne crois pas?

Tu demanderais ça à un gaufrier ancien, il aurait l'air plus malin que moi.

– Certes! fais-je en y rassemblant tout ce qui me reste d'intelligence dans les coins et replis.

Jérémie Blanc se plante devant le mec à la peau d'ambre.

– Je vais vous demander de nous suivre!

Il est fou, le mec à la chevelure plastifiée. Il dégurgite des mots visqueux en tapant du pied! Et puis se fout à bramer en arabe constitué.

Il revient à notre cher patois pour s'enquérir :

– Vous avez un mandat d'amener?

– Yes, ma Sœur! soupire Bérurier en se levant.

1. Il dort toujours à poings fermés.

De ce geste expert, presque auguste qui lui est familier, il rassemble dans sa main droite les fringues du haut de l'émir et l'attire à lui tout en faisant décarrer sa boule d'airain. Ça fait comme quand Big Ben sonne la demie de quelque chose. Une demie bien tassée! Le tapisseur s'effondre sans forfanterie sur l'amoncellement de chiraz qui garnit le sol.

Comme il choit, une horde nous échoit. Tu te doutes qu'avec mon exagération poétique, je qualifie de horde quatre Sarrasins de mauvaise rencontre qui font nombre parce qu'ils sont armés. Ils sortent d'entre les tapis, dirait-on. Leur hobby commun, c'est le pistolet-mitrailleur, arme de poing d'une redoutable efficacité et qui tend de plus en plus à faire florès quand les échanges culturels tournent fréquemment à la fâcherie.

– Messieurs! leur dis-je, vous ne songez pas à trucider le directeur de la Police française et deux de ses plus notoires collaborateurs? Le monde deviendrait trop petit pour que vous échappiez au châtiment!

Ils restent fermés. Sur ces entrechoses, Tabriz a l'heureuse idée de retrouver ses sens.

Il leur parle. Que leur dit-il? J'avoue que les langues pratiquées à partir des faubourgs de Marseille ne figurent pas au fichier de mon savoir.

En tout cas, ces sombres gentlemen nous farfouillent, nous grattouillent, nous chatouillent et nous défont des armes que nous coltinons davantage par devoir que par précaution. Après quoi, ils nous entraînent jusqu'à un escalier dont l'utilité principale consiste plus à faire descendre des gens qu'à les faire remonter.

Au premier sous-sol, il y a encore des tapis, mais ils sont enroulés et empaquetés dans de la toile de jute. En un éclair de chaleur, je me dis qu'il doit être fastoche d'évacuer du monde, raide ou pas, en usant de ce système. Le gag du tapis est vieux comme Ispahan. Déjà, à l'époque d'Ali Qapû, on s'en servait dans les comédies policières; n'empêche qu'il conserve ses vertus.

Mais l'escadrin continue de descendre.

– On s' croiererait aux Galeries Lafayette! ricane Sa Majesté.

L'étage en dessous n'est plus guère utilisé que comme débarras. C'est un immense bric-à-brac de caisses, de malles d'osier, de métiers à tisser anciens et autres chenilleries.

On se croit arrivés, mais je t'en fous! Voilà qu'un troisième sous-sol nous est proposé. Marches en fer, très raides cette fois, qui résonnent sous notre poids.

– J'croive qu'on est aud'sous du caniveau d'la Seine! annonce le Gros sagace. On s'imagine pas, quand tu marches dans la strasse, c'te taupinière sous tes pinceaux.

Terminus! Une porte de fer sur laquelle est écrit au pochoir, en gros caractères noirs : « DANGER ».

Ces messieurs l'ouvrent et nous poussent dans du noir.

CHAPITRE XVI

POUILLEUX : *qui a des poux.*

Cul-de-basse-fosse?

Je bats le briquet, à savoir que j'actionne ma petite torche de poche.

Si-nis-tre!

Cela est presque une grotte. En plein Paname! Deux pas de la gare de l'Est. Magine-toi un lieu (je n'appelle pas cela un local) long de six ou sept mètres, large de deux, voûté et bas de plafond, aux murs de pierre, au sol incimenté, bourbeux, avec de larges flaques. Et noir au point que le cul de Jérémie ressemble à la Côte d'Azur au mois d'août, comparé. Vraisemblablement, il s'agit là d'un ancien embranchement d'égout qu'on a muré il y a bien longtemps déjà, ce qui l'a transformé en une geôle, telle que s'en payait le bon Louis XI dans sa gentilhommière de Plessis-lès-Tours.

L'odeur qui y règne est insoutenable : ça pue la pourriture, la sanie (ce qui est presque un synonyme), la fange et tout ce que tu voudras bien ajouter qui soit du même tonneau (de merde).

– Mes amis, soupiré-je, je suis, vous le savez, d'un naturel résolument optimiste, mais je dois vous avouer que je ne donne pas cher de nos peaux. Quand des gens se permettent de séquestrer trois flics, dont le chef de la Police, c'est qu'ils sont bien décidés à les supprimer!

– Aïe! beugle le Gros. Je viens de sentir une morsure à mon mollet! Seigneur! Y a des gaspards dans la contrée! V' les entendez? Ça grouillasse!

J'actionne ma loupiote. Une décarrade de rats d'égouts (et de dégoût) gros comme des greffiers s'opère. Ils sont là une bonne douzaine, attirés par notre viande fraîche. Je pige que cette prison est en fait un lieu d'extermination. Il suffit d'y boucler des gens et de les y « oublier » pour que les mammifères rongeurs les anéantissent. Le mot « Danger » peint sur la lourde de fer est un euphémisme!

Dans le faisceau de ma lampe, je distingue les bestioles, à quelques pas; leurs yeux rouges sont dardés sur nous; ils savent déjà, d'instinct, que ma pile ne va pas durer lulure et que, lorsque l'obscurité reviendra, ils pourront se mettre à table. Je n'ose envisager ce qui nous attend.

– Mais bordel! s'exclame Jérémie, pourtant bien élevé et d'un langage châtié, ton Tabriz n'espère tout de même pas nous faire disparaître comme ça en plein Paris? Nous existons, socialement! Les confrères vont nous chercher!

– Certes, mais pas tout de suite. Avant qu'on s'aperçoive de notre disparition, nous serons répartis dans les estomacs de ces abominables animaux.

– J'ai lu quelque part, déclare M. Blanc, que les rats ont tué davantage de gens, dans l'Histoire de l'humanité, que toutes les guerres réunies.

– Merci du renseign'ment, gronde le Pachyderme, j' sus t' heureux d' m'instructionner avant de canner. Éclaire-moi voir c't' putain d' lourde, grand.

J'obéis. La porte, tu t'en rends compte illico, est inexpugnable. Le fer en est rouillé, mais l'épaisseur du métal découragerait un casseur chevronné, médaillé d'or aux Olympiades du percement de coffres. Pas question d'utiliser mon sésame : y a pas de serrure! Elle ferme uniquement de l'extérieur au moyen de deux verrous gros comme les bras de Carlos. Le coup d'épaule dont la gratifie cependant Béru ne produit qu'un bruit dérisoire.

– Niqué! fait-il.

J'éteins. Aussitôt, la gent trotte-menu (pas si menu que ça) nous charge. Affreuse impression! Un grouillement, une bousculade infâme, nos jambes sont assaillies, mordues, griffées. Ces vilains gaspards se chamaillent déjà, couinent sinistrement. Nous trépignons, lançons des coups de pied à tort et à travers, jurant, sacrant, massacrant la raterie rateuse et ratonnante! Saleté! Vérole vivante!

De temps à autre, je nous crée un sursis en rallumant. Car ces sales bêtes de la nuit sont encore impressionnées par la lumière, d'autant plus que mon stylo-torche a un rayonnement d'une étonnante intensité.

– Quéqu'un a des alloufs? demande le Gravos.

Je possède un briquet Cartier pour allumer les cigarettes des dames et les rares cigares que je fume (mais répète pas ça à Zino Davidoff, il veut qu'on allume ses barreaux de chaise avec de longues allumettes).

– Minute!

Il ôte sa veste, la tend à Jérémie, puis déboutonne sa chemise. Cela fait, il y met le feu en utilisant mon beau briquet de cérémonie. Lorsque le vêtement est enflammé, il le jette en direction des rats groupés. Dispersion du cortège.

– Et après? ironisé-je.

– Après y aura ma veste, mon bénouse, vos z'hardes à vous. C' qu'y faut, c'est qu'on va gagner du temps! T'as dit à quéqu'un où qu'on allait, grand?

– A personne.

Je zieute le cadran lumineux de ma Pasha.

– J'ai rendez-vous dans deux heures avec le ministre.

– Ça s'ra l' commenc'ment d'être inquiet, prévoit l'Informe.

– Par ailleurs, ajoute Jérémie, notre voiture est en mauvais stationnement à deux pas d'ici. Béru a raison : il faut tenir contre les rats le plus longtemps possible.

Nous toussons comme trois sanatoriums, à cause de la fumée dégagée par la combustion de nos fringues et qui ne s'évacue pas dans cet espace clos.

Au bout d'un moment, les rats se sont esbignés, incommodés aussi par le feu. Pourtant, on les devine proches, embusqués à l'orée de leurs trous, prêts à intervenir dès que l'air sera moins vicié.

Nous nous trouvons pratiquement à poil, n'ayant conservé que nos slips et nos chaussures. L'hallali sera pour bientôt. Reste encore la lampe que j'ai ménagée un max. Sa durée? Je n'y ai jamais pris garde.

Les yeux nous piquent et nos baisers, si nous étions en mesure d'en donner, auraient un goût de lard fumé.

– Moive, annonce Bérurier, quand les gaspards reviendra, j' m'arrange d'en scrafer un av'c ma grolle; j' l'attrape par la queue et j' m'en serviras comme une masse d'armes pour estourbir les aut'. Est-ce qu'y sont entrepôt-fages, les rats? Si oui, là encore on pourra gagner du temps.

– Tais-toi! fait sourdement M. Blanc.

– J' m' tairerai si j' voudrais, oppose le Gorille. J' veux pas m' laisser claper par ces salopards en récitant mon acte de construction! C'est pas le genre à messire Bérurier, Négro!

– Mais tais ta putain de gueule! s'emporte Jéjé. J'écoute quelque chose.

Du coup, le Mastard coupe le son pour tendre l'oreille à son tour. Je m'ouvre au silence, en vain, rien d'autre ne me parvient que nos respirations et les ultimes crépitements du foyer.

– Tu vas pas me dire..., commence l'Incorrigible.

– La ferme!

– Il y a quelqu'un à l'étage au-dessus, prévient Jérémie.

– On s'en doute, hé, l' pruneau d'agent!

– Cognons ensemble contre la porte! décide l'homme des tam-tams.

Donnant l'exemple, il se met à frapper des deux poings le fer rouillé, de manière rythmique. Je m'y colle aussi, sur le côté, quant au Mammouth, c'est avec ses pieds qu'il sonne le tocsin. On y va de tout cœur, si fort que, malgré le feu mourant, les rats n'osent s'approcher.

Nous frappons, non pas comme des sourds, mais comme des joueurs de cloches indonésiens. Plein tube! Nos portugaises en saignent! Ce branle doit forcer les étages et s'entendre depuis le haut.

– Stop! nous fait soudain M. Blanc.

Il ajoute, la voix extatique:

– On vient!

– C'est dans la forêt verge qu' t'as acquéri un n'ouï pareil? ne peut s'empêcher de réflexionner Bérurier. A écouter s' bagu'nauder les panthères noires?

L'heure n'étant pas aux papotages et aux petits biscuits, le génial Jérémie continue d'imiter les Tambours du Bronx sur la porte de fer.

Et tout à coup, on perçoit, sous nos martèlements le couinement des verrous.

De la lumière nous aveugle, pauvres taupes que déjà nous étions devenus.

Une voix familière :

– Oh ! mon Dieu !

Sommes-nous si dénuementés après deux ou trois heures d'engeôlage ? Il est vrai que nous n'avons plus de fringues et que nos jambes se trouvent crépies de boue malodorante. La fumée de notre feu de vêtements a noirci nos visages, rougi nos yeux.

Béru porte des plaies aux mollets, causées par les sales rongeurs affamés qui raffolent de la viande de porc et ont trouvé en celle du Gravos un merveilleux succédané.

Je me frotte les lotos pour essayer de distinguer. Mes châsses sont ruisselants, brûlants, atrophiés. Pourtant, je reconnais (à la voix) le brave Honnissoit.

– Vous tombez à point nommé ! fais-je.

Un peu faiblard comme déclaration, d'autant que je la profère d'une voix benête.

– C'est grâce à Marie-Laure !

– Pardon ?

Il amorce un geste qui me semble encore fantomatique ; je tourne la tête et avise la petite Pontamousson, en retrait, comme si je l'apercevais à travers un verre dépoli.

– Cette petite dégourdoche vous filait, imaginez-vous. En voilà une qui a le feu sacré et fera une belle carrière dans l'info ! En ne vous voyant pas ressortir, elle m'a téléphoné. Heureusement, j'arrivais juste à la Grande Taule lorsqu'elle a appelé et je me suis pointé avec deux hommes !

Illico, je redeviens le chef suprême des armées en campagne.

– Deux hommes ! béé-je ! Et vous en avez un avec vous ! Donc il n'en reste qu'un seul, là-haut !

Il a compris et s'élance dans l'escadrin en criant :

– Venez, Calisson !

Nous leur filons le dur.

Comment qu'ils ont dégainé, mes braves archers. La chère petite Marie-Laure (de mes Noailles) n'est pas en reste. Gazelle ailée, elle parvient à me doubler entre le premier sous-sol et le raide-chaussé.

Je mets le turbo. Mes vapes fumigènes se dissipent et nous franchissons coude à coude la ligne d'arrivée. Y a photo!

Ce que je craignais s'est produit : l'inspecteur laissé en couverture gît sur les tapis avec une chouette entaille au couvercle, causée par la crosse d'un P.-M. Bien entendu, plus personne dans le Palais du Tapis, du patron aux vendeurs, en passant par les *body guards*. La grande décarrade!

Honnissoit est déjà au téléphone pour lancer la chasse à courre. Le départ des vilains ayant été précipité (en fait, il ne s'agit pas d'un « départ », mais d'une « fuite »), nous n'avons aucun mal à trouver dans le bureau de Tabriz, des pièces plus ou moins d'identité le concernant et qui vont charpenter les recherches.

Jérémie et ma pomme établissons un signalement très « construit » des « auxiliaires ».

– Nous allons les retrouver, monsieur le directeur, je vous le garantis. Ils ont trop peu d'avance pour nous filer entre les doigts!

– Touche du bois! grogne le Somptueux; et n'en attendant, trouve-moive une salopette ou une blouse, qu' je pussasse rentrer m' changer. Dis voir, Sana, bien entendu, j'ai l' droit d' faire une note de frais pour mes harnais cramés?

– C'est évident.

Il en craque une louise de contentement et assure :

– Pour remplacer, j'ai idée d' m'offrir un costar pied-d'-coq dont j'ai vu en vitrine boul'vard d' Sébastopol. L' rider style milord, chicos en plein.

Berthe m' f'sait r'marquer qu' je me linge trop sombre, alors que les hardes très claires me met en valeur. Là j' vais en jeter comm' un malade!

Il rit aux anges, puis, désignant le blessé, à ses pieds, il déclare :

– V'là Auvrecond qui sort du sirop. Ça va, bout d'homme ? Fais-toi pas d' souci pour ce satanage ; les plaies à la tronche, quand on n'en meurt pas, on en guérit toujours !

CHAPITRE XVII

IMPLUVIUM : *dans l'atrium des maisons romaines, bassin situé sous l'ouverture du toit où étaient recueillies les eaux de pluie.*

Le grand bivouac dans mon burlingue. Le commandant demeure sur la dunette par gros temps. J'ai réuni pour un pique-nique : Honnissoit, Jérémie, Béru et la petite Marie-Laure à qui nous devons la vie. Foin du repas félicien que je projetais à la maison. Il ne faut pas quitter pied d'œuvre ! Tout ce qui est flic dans la capitale se trouve mobilisé. Une nuée d'inspecteurs ont investi le Palais du Tapis, ainsi que le quartier. On a appris que cinq ou six hommes se sont entassés dans la Ford Fiesta garée devant la galerie. Une heure plus tard, on a retrouvé le véhicule près du métro Hôtel-de-Ville.

Les fuyards ont continué leur cavale grâce à la R.A.T.P. Une vingtaine de perdreaux sont à leurs chausses. On sait déjà qu'ils se sont séparés car un préposé du métro a vu l'un des gars au pistolet-mitrailleur sauter un portillon. Ce faisant, ce con a perdu son arme et ne s'est même pas arrêté pour la ramasser tant il tenait à ne pas rater la rame.

Ont-ils des solutions de repli ? Peut-être que oui, et peut-être que non.

C'est Marie-Laure qui, en vraie petite femme – exceptionnellement – d'intérieur s'occupe du service. Le menu est frugal : un bloc de foie gras, du poulet à l'estragon en gelée, un brie de Meaux et des petits gâteaux. La môme s'est chargée des emplettes. Elle n'a commis qu'un seul galoup : elle a acheté uniquement du vin blanc, ce qui fait maugréer Bibendum : un alsace peu charitable et qui n'éblouit pas tes muqueuses.

Nous sommes aux prises avec un pilon de poultok quand la nouvelle tombe, sèche et belle :

Tabriz a été repéré ! Il serait entré dans un cinéma des Champs-Élysées : le *Mazarin*, où l'on projette « Bordure fatale », avec Michaël Chybre. L'ami Bobol qui a encore joué pour nous. L'officier de police Kulmasseur (Jean), qui avait terminé son service venait chercher son épouse au *Mazarin* et stationnait en double file en attendant la fin de la séance en cours. Il venait de voir la fiche de recherche concernant Séminal Tabriz et a cru rêver en l'apercevant dans la queue d'attente canalisée par des chicanes. Il a illico donné l'alerte depuis sa tire. Les adjoints d'Honnissoit ont pris toutes dispositions pour faire bloquer les issues de la salle. Ils attendent leur chef.

Ange bondit, la bouche pleine, ce qui n'est pas poli, mais est excusable compte tenu des circonstances.

– Je vous accompagne ! lancé-je. Ce mec, j'en fais une affaire perso. Tu viens, Boule-de-neige ?

– J'ai mieux à branler, retourne le Négus en poursuivant son repas.

– J' fais un sort au brie et j' vous rejoigne p't'êt', dit Bérurier. Coulant comme le v'là, il passererait pas la journée ! Ces frometons à pâte grasse, c'est pis qu' des poires : avant l'heure c'est trop tôt, après l'heure c'est trop tard !

Quant à Marie-Laure, elle ne moufte pas, mais me suit.

Dans la tire, je m'installe derrière, à son côté.
– Je te dois ma vie, lui répété-je.
Tu sais quoi? Tu me promets de pas chialer, hein?
– Non, rectifie la délicieuse : je me dois ta vie.
Et d'ajouter dans un souffle qui me chatouille les poils d'avant tympan :
– Je t'aime.
Pour confirmer, sa main délicate s'insinue dans mon bénouze et me caresse le lance-poupons.

***

Sur l'écran large, tu vois Michaël Chybre, nu comme un ver d'Albert Samain (il n'a gardé que sa gourmette), en train de monter en danseuse Éléonore Pigeon, si tellement rousse que sa toison pubienne ressemble à la flamme d'une lampe à souder. Derrière la porte vitrée isolant la salle du hall, Honnissoit cause dans son talkie-walkie.
Il fait l'appel de ses hommes prêts à l'action :
– Derborance?
– En place!
– Regain?
– En place.
– Germinal.
– En place.
– Mangeclous?
– En place.
– Léviathan?
– En place.
– Clérambard?
– En place.
– Godot?
Personne ne répond.
– On ne va pas l'attendre, tranche Honnissoit.
Là-dessus, nous nous rendons dans la cabine du projectionniste. Lui montrons nos cartes.

– Vous avez un micro permettant de s'adresser à la salle ? demande Ange.

– Ici, monsieur le commissaire.

– O.K. ! Branchez-le, stoppez le film et allumez la salle.

Le technicien souscrit rapidement à ces trois exigences.

Honnissoit se penche sur le micro fixe :

– Nous prions les spectateurs d'excuser cette interruption du programme, déclare mon subordonné ; elle sera brève. Nous prions l'un d'eux : monsieur Séminal Tabriz, de quitter sa place et de se diriger vers la caisse en gardant ses deux mains derrière la tête.

L'annonce provoque un murmure de stupeur mâtiné (et soirée) de crainte dans l'assistance.

Depuis le rectangle vitré qui donne sur la salle, nous assistons à un début de peur collective, les gens réalisant qu'il s'agit d'une traque à l'homme.

– J'y vais ! décidé-je. Restez à votre mirador, Ange.

De débouler parmi le public. Je marche jusqu'au bas de l'écran et affronte les spectateurs, essayant de détecter le marchand de tapis dans cette foule anonyme.

– A quoi bon vous obstiner, Tabriz ? je lance d'un ton pour *Britannicus* à la Comédie-Française. La salle est investie, la moindre issue gardée ; toute tentative désespérée de votre part serait vouée à l'échec.

Rien ne bougeant, je décide de me mettre à examiner tous les présents, l'un après l'autre. Je me paie le premier rang, ensuite le deuxième. Je me trouve au milieu du troisième quand une femme pousse un cri hystéro de l'autre côté de la travée médiane.

Je m'y précipite. A son côté, il y a un homme affaissé sur son siège et agité de tremblements aussi cons que vulsifs. Tabriz vient de se shooter dans la marge avec une capsule de cyanure.

Il a trouvé une solution que nous n'avions pas prévue pour nous filer entre les doigts. C'est cela, somme toute, la grande évasion. Elle vous a une certaine gueule.

Comme la dame qui se trouvait assise près de lui continue de bieurler aux petits pois, je la calme d'un péremptoire :

– Oh ! taisez-vous ! Il ne risque pas de vous faire du mal : il est mort !

Pour lors, ça lui sectionne le circuit égosilleur et elle reste sur son fauteuil de peluche, à se masser le goitre, tandis que son bonhomme, un sac à merde plus mahousse qu'elle, bredouille des « Allons, Chouchou, ressaisis-toi » qui feraient marrer un type assis sur une fourmilière.

Nos braves inspecteurs évacuent le cadavre avant l'arrivée de Police-Secours et le déposent dans le renfoncement, près des chiottes, tandis que la séance reprend.

Sur l'écran large, Michaël Chybre bouffe à présent la chatte d'Éléonore Pigeon et ses grosses balloches sonnent l'angélus à toute volée. La vie continue, simple et ardente.

***

Je retrouve Jérémie Blanc, escorté de Béru, à l'atelier-garage de la Rousse. Ils sont sur la BMW du couple assassin et, assistés de deux mécanos qualifiés, désossent la tire avec cette application qu'apportaient à la même besogne les poulets antidrogue de *French connection.*

– En somme, demandé-je au nègre Blanc, vous cherchez quoi ?

Il est en sueur, porte des gants de caoutchouc rose faits pour clapoter dans du Mir vaisselle et son expression est teigneuse, alors qu'elle dégage ordinairement la joie d'être.

Il approche ses deux ventouses de mon oreille.

– Tu veux que je te dise, l'Empereur? Eh bien! j'en sais foutre rien!

– Qu'est-ce qui t'a pris, avec cette bagnole?

– Une inspiration, comme en a mon empereur bien-aimé. Je me suis dit: « Personne n'a vu ensemble Tabriz, Scheunburger et Elsa Braker bien qu'ils fussent en même temps au relais-château. Et si le couple avait quelque chose d'important, quelque chose de capital à remettre à Tabriz? Quelque chose qui serait planqué dans la bagnole des deux tueurs et que le marchand de tapis n'aurait eu qu'à prendre?

– Ton « quelque chose », ils avaient besoin d'aller à trente kilomètres de Paris pour se le passer?

– Suppose que l'une des deux parties soit en état d'alerte, pour une raison qui nous échappe encore? Suppose que ces gens redoutent d'être surveillés?

– Admettons. En ce cas, Tabriz a dû récupérer comme prévu le « quelque chose ».

– Il y a renoncé.

– Pourquoi?

– Parce qu'il a flairé, voire carrément découvert la présence des hommes d'Honnissoit. Ce type était un fennec, il a éventé la planque des lardus et a préféré s'écraser.

Le raisonnement de Jérémie me semble soudain d'une évidence fondamentale. Ce qui me convainc surtout, c'est la manière dont la situation a basculé, au Palais du Tapis quand mon ami a abordé l'histoire de la BMW.

– A quel trafic pouvait-il se livrer?

– Trafic n'est pas le mot que j'emploierais, me

répond le Noirpiot. Un trafiquant ne se donne pas la mort quand il va être serré.

– Tu t'acheminerais plus volontiers vers des questions d'espionnage?

– Pas toi?

– Peut-être. Dis donc, dans quel état vous l'avez mise, cette tire! Ça va être un chouette puzzle à remonter!

Les mécaniciens en salopette viennent de déposer le réservoir d'essence. Ils le vident dans un baquet, l'agitent... Rien. Pas de double fond, de soudures bizarres.

L'un deux sort un mouchoir qui a servi d'essuie-jauge et s'éponge.

– Une vraie vérole! monsieur le directeur, dit-il. Si au moins nous avions quelque idée de ce que nous cherchons!

– L'essentiel, c'est que vous le trouviez! riposté-je.

J'ai de la chance d'être « l'empereur », sinon il me virgulait son chiftir huileux dans la poire!

Bérurier qui, très exceptionnellement, n'a pas encore moufté, m'apostrophe :

– J' voye pas c' qu'on n'a pas r'gardé, dit-il. Toive qu'as l'œil neuf, Sana, tu d'vrais matouzer c' turbin. Des fois qu'un bigntz quéconqu' nous aurerait échappé?

J'accepte et me mets à tourner lentement autour de l'épave. Ils ont poussé le jeu très loin, les gars! Les pare-chocs forment un fagot de chromes sur le sol cimenté. Les cinq boudins ont été débarrassés de leurs enjoliveurs et de leurs pneumatiques, la moquette ou le caoutchouc du coffre et du plancher arrachés, le volant dévissé, la colonne de direction retirée, les ailes ôtées, de même que les phares, les sièges et autres éléments qui font une auto.

Elle est à la fois béante et disloquée, cette voiture, humiliée jusqu'en ses moindres ressorts. Sans tableau de bord ni capot, sans calandre, sans roues, ce n'est plus qu'un confus souvenir, la carcasse d'une chose qui fut magnifiquement pensée et construite, célébrée sur un catalogue.

Je regarde cette ruine et mon cœur se serre devant une telle destruction systématique; j'aime tant la bagnole, ce merveilleux jouet des grands enfants que sont les hommes.

A-t-elle un secret, vraiment?

Objets inanimés...

J'entre en « communication secrète » avec elle :

« Belle voiture grisante, des ordures se sont servies de toi comme d'une consigne de gare. Tu tenais à disposition, un “ quelque chose ” mystérieux... »

Je m'arrête de « lui » parler. Si vraiment Tabriz devait récupérer le fameux « quelque chose », il fallait que celui-ci fût d'un accès facile. Le marchand de tapis ne pouvait se permettre de jouer de la clé anglaise, ni même du tournevis sur un parking d'hostellerie. C.Q.F.D.!

Et alors, en moi, mais impossible de situer le siège de ce déclic (le cerveau? les marjolles? le métronome?) se fait une poussée de bas en haut et un élément de l'auto se fiche en gros plan dans mon caberluche.

M'en approche, le saisis, le soulève. La jauge à huile! Une simple boucle de fer qui sort d'un bouchon d'acier. Dessous, la tige huileuse. Je continue de lever l'ensemble et sors entièrement la jauge. Tout semble normal! Et puis, non! L'extrémité de la tige plate est percée d'un minuscule trou. On a passé un fil de nylon arachnéen par celui-ci et fait un nœud. Je tire sur le fil. Une résistance, mais « ça » vient!

Bientôt j'extrais un objet de la dimension d'un stylo. C'est noir, assez lourd. Pareil à un stylo, ça se dévisse, mais comme c'est ruisselant d'huile, je diffère le moment de le tripoter.

Mes compagnons de garage se taisent, gagnés par une sombre émotion. Je les sens vaincus par ma prodigieuse sagacité. A cet instant, je pourrais leur demander n'importe quoi et le reste : leur paie, leur épouse, une pipe, ils se battraient pour me l'accorder.

Bérurier résume le sentiment du quatuor.

– Quand est-ce on te regarde agir, on se dit que c'est pourtant pas bien malin d'être intelligent! fait-il.

CHAPITRE XVIII

GRAPPILLAGE : *action de grappiller.*

Un peu pâlot sous son fond de teint naturel, Mathias. Il a beaucoup maigri, comme il est fréquent quand on te bricole la gorge ou l'oignon. On est fragilisés par nos issues, nous autres mammifères pleins de merde. Se faire bourrer quand on a, parfois, tellement de mal à évacuer, faut pas craindre! Le fameux « contre nature » de l'affaire qui jadis scandalisait tant et tant les batraciens de bénitier, réside dans l'aspect « sens interdit » de la chose. Comme si tu emprunterais la rue de Rivoli dans le sens Concorde-Hôtel de Ville!

– T'as pas l'air à la parade, Rouquemoute?

Il a un sourire décoloré :

– Faiblesse.

– Fais polker tes mandibules sur des tranches d'animaux morts.

– Doucement; la viande constipe!

Il se rassoit sur son siège pivotant équipé d'un oreiller moelleux, s'y tient légèrement en biais malgré le garnissage afin de se soulager la rondelle.

– Tu as eu le temps d'étudier l'objet cylindrique, Savant?

– Bédame!

Ça, c'est une exclamation surannée! Tu la trouvais

chez les tartineurs début de siècle : Ponton du Sérail, Ravier de Mon Pépin, d'autres illustres qui tiraient à la ligne plus fort qu'un terre-neuvas sur ses filets. Parfois, Mathias se laisse aller à des mots qu'il croit argotiques, pour faire canaille et impressionner sa nièce-assistante-maîtresse. Un cas !

– Conclusion ?

– Tu vas voir.

Se tournant vers la mocheté dondonnesque aux flotteurs démesurés, il murmure, langoureusement :

– Tu me passes le fusil, Chou-chéri ?

Le Chou (pommé) s'exécute.

L'arme prend un aspect sinistre, sournois, sur le plan du travail du Génial. Il ouvre la culasse, puis la chambre de rayonnement. Avec une précision de chirurgien, le gars Xavier glisse le cylindre dans une rainure potentielle à chromatisme valvaire, puis referme le fourbi.

Il me prie d'ouvrir la fenêtre la plus proche, ce que je.

– Chou-chéri, reprend l'Enflammé, donne une paire de jumelles à notre directeur.

Elle (en anglais : *She*).

– Maintenant, déclare Mathias lorsque j'ai en main l'instrument, regarde les tours de Notre-Dame.

– Voilà.

– Tu les as réglées à ta vue ?

– Affirmatif !

– Tu vois les pigeons qui font la roue, tout là-haut ?

– Très bien.

– Bon ! Ne lâche pas tes jumelles.

Un bref instant de visée et environ une minute plus tard les oiseaux tombent raides morts.

– Le machin que tu as déniché est un amplificateur d'intensité destiné à ce fusil ; j'estime que, grâce à lui, on doit pouvoir neutraliser une cible située à plusieurs kilomètres!

– Putain!

– N'est-ce pas? triomphe le colombocide. Te rends-tu compte de l'importance d'une pareille découverte? La mort à longue distance, sans bruit et sans laisser de trace!

– Comment expliques-tu que cet amplificateur ait été dissocié de l'arme initiale?

– Il n'a pas été dissocié, mais « ajouté ». Cet élément a été inventé « après ».

– Qu'est-ce qui l'indique?

– La rainure où on le loge.

Il rouvre la chambre de « rayonnement », sort le cylindre et passe un doigt dans la gorge chargée de le recevoir.

– Vois comme cette partie est brillante! On l'a creusée récemment.

– Bravo, Mister Sherlock!

Je manipule l'ampli. Un stylo, te répété-je. Pourquoi diantre le planquer sous la jauge à huile? A quoi rimait cet excès de précautions pour le transmettre à Tabriz? Doucettement, j'en arrive à croire que ces braves gens n'avaient pas les coudées franches. Tout indique qu'ils étaient traqués et agissaient avec circonspection. Ainsi, s'ils ont choisi la voisine du colon pour complice, en la faisant chanter grâce aux photos libertines prises par l'ancien officier, c'est parce que d'autres mecs les talonnaient. Ils ont demandé à la belle Nathalie de planquer un « quelque chose » (toujours lui!) qui risquait de leur être chouravé. Question de minutes! Et avant de s'embarquer pour le Brésil, Elsa Braker est allée récupérer son bien. Elle a supprimé le couple afin de s'assurer de son silence!

Il existe des gens pour qui, en faire mourir d'autres ne pose aucun cas de conscience.

De quoi s'agissait-il? Une autre découverte du professeur Raspek?

– Beurre-toi bien le fion, Rouillé! lui recommandé-je en le quittant.

Avant de franchir le seuil du labo je me retourne. Le sagouin a déjà sa dextre dans la culotte de sa nièce et assistante. Il est en manque, biscotte son séjour à l'hosto. Je te parie une poignée de févettes qu'il va lui demander de fermer la lourde à clé et la tirer sur le plateau de marbre de sa table de travail. Pourvu qu'il ne lui plante pas un chiare, le lauréat du Prix Cognacq! Ils sont tellement cons, ces génies!

***

Honnissoit est en converse avec Pinaud et Bérurier. Il s'épanouit en me voyant entrer.

– Ah! justement, j'ai cherché à vous joindre, monsieur le directeur. Nous avons trouvé ceci dans les effets de Tabriz.

Il me tend une feuille de carnet détachée à la va-vite et sur laquelle est écrit, griffonné plutôt :

H R
Rua Santa Chiasse
MANAUS

On voit que le morceau de papier a été plié menu.

– Cela se trouvait dans le capuchon de son stylo, explique mon confrère. Manaus se trouve au Brésil, n'est-ce pas? Vous ne pensez pas qu'il s'agit de l'adresse de la mère Elsa, là-bas?

– Très probable.

– Je viens de mettre en branle une enquête très large sur ce drôle de marchand de tapis: les R.G. sont dans le coup.

– Parfait.

– L'un de ses body-guards va être serré d'une

minute à l'autre : on a repéré le petit hôtel de Courbevoie où il se terre. Je compte bien lui arracher un maximum de « confidences ».

– Tu peuves compter sur moi, Angelot, affirme Béru ; c'est rare qu'mes questions restassent sans réponse quand t'est-ce j'm'occupe d'un malfrat !

Pinaud accomplit un geste rarissime : il jette sa clope éventrée et sort son paquet de cousues pour en confectionner une nouvelle. Séquence passionnante de l'embrasement. Son briquet rapporté par son dabe de la 14-18, carbonise la moitié de sa sèche d'un seul coup de molette.

– Et pendant ce temps, la dame Elsa fait la fiesta au Brésil, dit le doux Bélier bêlant. Et on ne saura jamais ce qu'elle a emporté à Manaus !

Honnissoit branle le chef.

– Qu'y pouvons-nous, mon cher Pinaud ?

L'Ancêtre tire sur un long poil gris qui, sortant de sa narine droite, a échappé à son lance-flammes.

– Antoine, murmure-t-il, ça te dirait si nous allions, Béru, toi et moi, faire un petit tour à Manaus ? Je viens d'avoir une forte rentrée de fonds des États-Unis [1] et je vous offre bien volontiers le voyage.

– C'est toujours toi qui rinces, dans ces cas-là ! protesté-je. Cela fait au moins trois ou quatre grands voyages que tu nous organises à tes frais.

– Et alors ? bougonne le Grumeleux ; puisque ça me fait plaisir. Que veux-tu que je fasse de mon argent ? Je n'ai pas d'enfants. Mon épouse, outre un luxueux appartement, possède trois manteaux de fourrure, une voiture sport et deux amants. On ne placera pas mes royalties dans mon cercueil, tu sais !

1. Pour mémoire, rappelons que César Pinaud a fait fortune sur le tard grâce à un contrat qui le lie à un fabricant américain de produits de toilette. Il a eu l'idée géniale d'agrandir l'orifice des flacons d'after-shave, ce qui a accru de plus d'un tiers la consommation.

– T'es un vrai pote, balbutie Bérurier. Au Brésil, j'vas me remplir de bidoche et d'petits z'haricots rouges.

L'imaginaire jouant son rôle, il pré-pète longuement, en accompagnant son vent de trilles mutines et de modulations distinguées.

CHAPITRE XIX

> STOP : *panneau de signalisation intimant l'ordre de s'arrêter.*

Nous sommes dans la salle d'embarquement quand nous la voyons surviendre. Elle porte un imperméable bleu phospho à boutons d'or de chez Moschino ; elle a un sac Vuitton, également bleu, en bandoulière (forme besace : jadis, c'étaient les trimardeurs ou les mendigots qui en portaient une) et un fourre-tout de voyage assez modeste de taille pour qu'elle puisse le faire admettre comme bagage accompagné. Jolie « à croquer », dirait ma Félicie. Le fait est que je la croquerais volontiers !

Sa survenance nous époustoufle, mes deux compères et moi. Elle vient à nous en souriant.

– Ça consiste en quoi ? je lui questionne.

– Ça consiste en une pugnacité rare, pouffe Marie-Laure. J'ai convaincu mon rédac-chef de me débloquer le prix d'un voyage au Brésil ; mes récentes prestations l'ont incité à accepter et me voilà !

Elle nous dévisage alternativement.

– Ma présence ne semble guère vous combler d'aise ?

– C'est la surprise, dit Pinaud. Nous nous attendions si peu à vous voir surgir, comme un charmant diablotin !

– Vieux nœud ! ricane Béru, tu n' pourrerais pas

t'esprimer comme tout l' monde! Faut toujours qu'y va faire des phrases cis'lées d'vant les gonzesses. Notez qu'il a plus qu' la menteuse pour les régaler, av'c sa pauv' bistounette qui ressemb' à un vieux god'miché déglingué!

Il vient de faire l'emplette, au *duty free*, d'une boutanche de Ricard qu'il a déboulonnée séance tenante et au goulot de laquelle il tute comme à celui d'une bouteille de bière. Pour justifier ces vigoureuses libations, il argue d'une andouillette consommée au déjeuner alors qu'elle avait dépassé le seuil de tolérance du comestible et faisait bien davantage que de se parer du goût de merde préconisé par le bon Édouard Herriot.

– Vous comprenez, ajoute le Pimpant, é n' pouvait plus avoir s'l'ment l' goût, d' la merde vu qu' c'en était carrément. Trop, c'est tout moche, comme dit les Anglais!

Et de balancer, en manière de preuve de ses dires, un rot qui, sous couvert de l'anis, exhale de rares putricités.

Là-dessus, nous sommes appelés et donc élus.

Pinuche nous a offert des « business » et la petite Pontamousson n'a obtenu qu'une touriste de son journal. Je demande à Bérurier d'échanger sa place contre celle de Marie-Laure. Il rechigne, puis transige : il prendra d'abord son repas dans notre classe, beaucoup plus élaboré que celui des touristes, ensuite il ira cuver en queue d'avion. Mais le sort en décide autrement. Ma présence à bord étant connue, le chef steward vient m'annoncer qu'on me propose une place vacante en *first*.

Je remercie chaudement et délègue ce privilège à Bérurier qui, du coup, irradie de bonheur.

Vol faisant, nous nous livrons, ma gentille journaleuse et moi, à une récapitulation minutieuse de cette époustouflante affaire. Avant notre départ, le complice de Tabriz qui était repéré a été interpellé sans dommage, c'est le Gros que nous avons chargé de démarrer l'interrogatoire. Alexandre-Benoît s'est montré flatté de cette marque de confiance. Il a enfilé une moufle droite (afin d'éviter d'éventuelles « bavures » et a administré quarante-deux gifles au bédouin avant que lui soit posée la première question. Ce profond psychologue a en effet remarqué, au long de sa vie professionnelle, qu'un prévenu avait le moral vite sapé quand on le frappait sans le moindre préambule en observant un mutisme absolu. Aux premiers horions, il proteste; aux suivants, il implore des explications et, aux derniers se contente d'émettre des cris inarticulés. Alors Béru interrompt la séance, se fait apporter un sandwich et un pot de beaujolpif. Il consomme les deux, libère quelques incongruités inhérentes, tombe la veste, remet sa moufle et reprend la séance.

Une nouvelle salve de vingt-quatre mandales est programmée. Toujours dans un silence de crypte.

Le visage du Mastard confine au sublime dans ces cas d'exception. Tu sais que, quelque part, il reflète la complète sérénité de la Joconde?

Il y a quelque chose de religieux dans ses traits boursouflés. C'est ce qui impressionne le plus son « client ». Cette certitude d'accomplir une mission sacrée. Ce dépouillement de tout sentiment, charitable ou cruel. Il n'est plus que volonté radieuse, certitude d'obtenir la finalité souhaitée. Irrévocable, tu comprends? Et dans ce cas, il a une sorte de droit sacré à la vengeance, puisque l'individu l'avait condamné à mourir par les rats dans la putricité obscure du cachot. N'a-t-il pas au mollet une blessure suppurante causée par les dents d'un des immondes rongeurs?

Pour la seconde fois, il pose la moufle, pète un grand coup sonore, joyeux comme un chant de coq à l'aube, va à sa « victime » et demande :

« – Prêt pour les réponses ? »

Si le mec ne répond pas, ou qu'il hésite, le Dodu remet son gant de travail et poursuit sa claquerie feutrée. Elle ne marque pas tout de suite, mais à la longue, tu constates que la gogne du gazier a enflé et s'est colorée sans comporter d'ecchymoses ; que ses yeux sont troubles avec l'air indélébilement pensif du bovin qui n'a jamais pensé.

Ce prolongement de l'épreuve a vite raison du coriace. Estourbi, la cervelle en porte-à-faux, les portugaises vibrantes, il a bientôt un geste des deux mains pour demander grâce.

Dès lors, le Mastard décroche le biniou et dit à Honnissoit :

« – Commissaire, tu pourrais-t-il v'nir me remplacecer pour l'interrogatoire, si tu voudrais bien ? »

Ange se la radine alors, innocent.

« – Où en êtes-vous ? »

Et le Mafflu, paterne :

« – Môssieur voudrerait soulager sa conscience en f'sant un lessivage complet. J' reste à promiscuité, des fois qu'il nous f'rait des absences d' mémoire. »

L'homme en question, un sujet syrien du nom de Kaarâ Melmouh a bonni ce qu'il savait : que Tabriz était un agent de l'Irak, ami personnel de Saddam Hussein, qui, depuis Paris, servait de plaque tournante à différents pays musulmans pour des transactions occultes. Dans son « Palais du Tapis », certaines personnes gênantes étaient « liquidées », du matériel « top secret » partait à l'étranger, à l'intérieur de certains tapis « conçus pour ». Bref, l'homme régnait sur une partie des Services secrets irakiens, syriens et palestiniens. Kaarâ Melmouh n'était pas dans les confidences du « patron », pourtant, ses fonctions d'équarrisseur et d'homme de main lui permettaient de découvrir pas mal de choses. Ainsi, il était au courant des tractations en cours avec le couple Hans Scheunburger-Elsa Braker; il savait qu'elles étaient plus qu'épineuses car les deux Allemands avaient les Services israéliens aux trousses. C'est à cause de ceux-ci qu'ils ont dû abandonner le fusil dans l'apparte du colonel Lemercier. Ils sont repartis de l'immeuble en passant par les combles, « les autres » ayant investi le rez-de-chaussée. Par contre, il ignore tout de leurs démêlés avec Antonin Pétsek et les Masturbeaux. De même, il n'a pas la moindre idée de ce qu'Elsa est allée récupérer chez les voisins de l'officier.

On papote de tout cela, Marie-Laure et moi, pendant que Pinuche en écrase dans le troisième fauteuil. La bouffe est terminée, le film aussi (un naveton sud-amerloque dans lequel les actrices ressemblent à des putes de la rue Saint-Martin et les acteurs à des nervis montmartrois de l'époque *Lapin à Gil*). Les loupiotes sont en veilleuse. C'est le moment des respirations nocturnes, des vilaines petites odeurs lâchées en loucedé dans des calbars plus très *clean*.

Le bruit sifflant et monotone (fasse Dieu qu'il continue!) des réacteurs berce les franchisseurs d'océan. Depuis l'escale de Dakar, notre navire volant semble se dissoudre dans le ciel étoilé. Quelques insomniaques s'obstinent à écouter de la musique transmise par casque. Une vieille asthmatique grommelluche de la gargane en se vaporisant des pharmachieries dans la clape.

Et nous deux, la petite chérie, on est blottis, ma

main caressant le couvercle de sa petite culotte, là où les poiluchards font doucement ressort; que, temps en temps, mon médius fourvoie sous l'étroite étoffe pour s'engager dans des humidités fabuleuses. J'adore ces douces caresses à dix mille mètres! Dans la pénombre collective. Un baiser « bu » à la sauvette, sur le zinc des lèvres. Ensorcellerie des ondes qui se mêlent, douce tiédeur d'un visage jeune, pas complètement dégagé de l'enfance. Ah! merci la vie! Voilà qui compense tes merderies infâmes, tes sales niqueries, arnaques salopes, trahisons, coups et blessures pouvant entraîner l'amor.

Je quitte un peu sa chatte pour ses seins, modestes mais fermes. Prends tes belles années, chérie, ne les laisse pas moisir sur un compte épargne où elles se dévalueraient plus vite que tes jours. Profite, profite; dis merci à Dieu et murmure-Lui « encore », ce mot qui va avec « merci », mais qu'il ne faut jamais prononcer le premier.

Sur le coup du petit matin, il y a un incident. L'hôtesse-cheftaine vient de découvrir qu'un passager a chié dans le conteneur du petit déje. Un passager des *first*! Et il était bourré au point de se gourer de lourde! Or, à la connaissance de cette vaillante employée de la Varig, seul le gros type qui s'est éclusé trois whiskies, deux bouteilles de blanc, trois de rouge, une rouille de Moët et Chantons, quatre poires Vilaine-Mine et un nombre inchiffré de bières s'est trouvé dans l'état d'ivresse nécessaire à l'exécution d'un pareil forfait. Elle interpelle Bérurier qui, d'ailleurs, pue sa culpabilité. Il vagit des imprécations, comme quoi il veut dormir et que si la porte des tartisses avait été indiquée en français, il n'aurait pas eu à s'hisser le fion jusqu'au tiroir du haut, se coupant la peau roustonne, pour se séparer de son colombin de l'aube.

La rancœur de Maria Da Silva est intense; le stoïcisme du chieur inconscient à toute épreuve. Les vitupérations de la cheftaine passent du français zozoté au portugais concassé pour pouvoir atteindre un paroxysme.

Ce qu'entendant, le Gros, à bout de patience et d'arguments, tire sur la fermeture Éclair de son futal et dégage sans trop d'encombre son paf de quarante centimètres hors tout!

L'hôtesse suprême se tait devant une anomalie de nature aussi phénoménale.

– Dans la vie, faut choisir, ma poule, déclare l'Immense : ou tu fermes ta gueule, ou tu suces cette chopine pour t'en avoir l' cœur net!

La brunette (qui trimbale le contenu de son matelas de crin sous ses deux bras) se tait, mais sans pour cela passer à la deuxième suggestion du Gravos.

Comme toutes les dames confrontées pour la première fois à ce zob classé monument historique, elle contemple « la chose » d'un air absent; puis elle avance la main et se saisit du formidable gland violet.

– Eh bien..., soupire-t-elle; eh bien...

Elle lâche à regret cette rosette de trois livres et se rend dans le poste de pilotage pour sucer le commandant pendant qu'il est en automatique.

***

Je vais te dire, Recife, c'est pas là que je me retirerais pour planter mes goyaviers et mes papayers. Pas bandant comme coinceteau, autrefois, ça s'appelait Pernambouc et ça devait être plus sympa. A présent c'est une ville grouillante, industrialisée et plutôt cradoche. Rien qui incite trop au tourisme, si ce n'est quelques églises baroques.

Comme nous sommes au début de l'après-midi, je me dis qu'il serait bon de se mettre dare-dare en quête d'un z'avion pour Manaus, manière de ne pas perdre davantage de temps. Je vais donc à une agence de la Varig dans le centre de la ville et m'enquiers des vols. Justement, il y en a un de prévu dans trois heures. Au moment où je m'apprête à retenir nos places, Marie-Laure me tire par la manche.

– Vous ne croyez pas qu'on pourrait s'assurer que la dame Braker a bien pris un vol pour Manaus?

– Tu deviens une vraie pro, applaudis-je.

Et je demande à une préposée moustachue, qui a sur la joue gauche un morceau de pelage fauve (sa maman a dû rêver à un renard quand elle l'attendait), la liste des passagers qui se sont embarqués pour Manaus à partir de lundi dernier.

Si je lui demandais d'enlever son slip, elle serait davantage consentante.

– A quel titre? interroge-t-elle, outragée.

Je tire une liasse de dollars de ma poche revolver, l'écosse d'un talbin de cent points que je plie en quatre et conserve dans le creux de la main.

– Quand vous me passerez les listes, je m'arrangerai pour vous glisser ça discrètement dans le creux de votre jolie menotte, roucoulé-je en jouant des mirettes.

C'est soudain comme si je me trouvais en prise directe avec son clito.

Elle s'approche d'une table-bureau chargée d'appareils vidéeux, ouvre des tiroirs, manigance, et revient avec ce que j'ai demandé, ce qui augmente le capital de la dame de cent dollars.

Elle lit des mots, des chiffres, pianote des claviers. J'en piaffe d'impatience.

Je la vois tressaillir (c'est-à-dire avoir une brusque

secousse du corps). Elle ne se rembrunit pas, étant déjà très foncée, mais ses grands yeux un tantisoit proémineurs prennent des tons hépatiques. Elle revient à son comptoir et s'informe :

– C'est quelqu'un qui vous touche de près?

Drôle de question.

– Pas tellement, réponds-je.

Ça paraît la soulager.

– Tant mieux.

– Pourquoi?

– Parce qu'elle est morte dans le crash du vol Recife-Manaus de mardi.

– Le crash?

– Oh! oui! s'exclame Marie-Laure. Effectivement, j'ai vu passer une nouvelle à la rédaction; je n'y avais pas pris garde; les accidents d'avion qui surviennent sur d'autres continents ne font pas nos choux gras : trois lignes en bas de page intérieure, tout au plus.

Comme la préposée fixe ma main avec insistance (et inquiétude), je lui délivre la coupure verte que ma transpiration palmaire a rendu poisseuse. Elle s'humecte davantage que le billet en s'en emparant.

– Parlez-moi de ce crash, *bonita senhora.*

Elle rougit comme si elle était responsable des infortunes de la compagnie aérienne qui l'emploie.

– Un attentat, assure-t-elle, car notre compagnie est la meilleure du monde. L'appareil a explosé en vol; les membres du poste de pilotage n'ont pas eu le temps de prononcer la moindre parole.

– On a retrouvé l'épave?

– Impossible! L'avion s'est désintégré à onze mille mètres au-dessus de « l'Enfer Vert », dans la région inextricable du Toutétinclu. Là-bas la végétation est si forte qu'on dit, en plaisantant, que les branches d'arbre coupées ont déjà fourni d'autres arbres avant qu'on ait eu le temps de les tronçonner!

– Mais... les corps?

Elle se signe.

– Ils sont dévorés dans les heures qui suivent. « L'Enfer Vert », vous dis-je!

– Il n'empêche : on pourrait tenter une expédition de repérage?

Elle hausse les épaules.

– Il faudrait y consacrer beaucoup de temps et d'argent, tout ça pour ne trouver, en mettant les choses au mieux, qu'un morceau de carcasse disloquée qu'il serait impossible de ramener dans un lieu civilisé!

– Une commission d'enquête parviendrait peut-être à déterminer les causes de la catastrophe?

– Une commission d'enquête! Oh! *senhor*, on voit que vous ne connaissez rien à l'Amazonie. Qui accepterait de partir sans données précises dans « l'Enfer Vert »? Les experts tiennent à leur peau autant que les autres hommes!

Je lui vote un sourire navré, m'incline et m'en vais en prenant Marie-Laure par la main.

– Dans le cul la balayette, soupiré-je en retrouvant la forte lumière de l'avenue. Nous avons traversé l'Atlantique en diagonale pour découvrir un fait que nous aurions aussi bien appris depuis Paris-sur-Seine!

Pour un peu, je m'insulterais in petto devant ma légèreté. Elle n'est pas digne d'un Big Boss de la Rousse. On n'abandonne pas la ferme et les chevaux pour venir bavarder dix minutes en Amérique du Sud avec une dame moustachue, en pleine méno. D'un seul coup d'un seul, ma décision est arrêtée : en rentrant je présenterai ma démission pour incompétence lubrique! Quand on est un excellent capitaine, on ne fait pas nécessairement un général valable!

On retrouve les compères à la terrasse d'un restaurant « typique » auquel une tête de toro énorme, naturalisée, sert d'enseigne. Pinaud boit une *batida* [1], Béru mange le contenu d'une immense assiette ovale où se trouvent rassemblés sur un lit de petits haricots noirs : des saucisses de porc, des côtes de veau et de mouton grillées, un quartier de bœuf qui suffirait à assumer un banquet de 30 personnes, des rognons flambés et autres babioles comestibles que je renonce à identifier. Sa bouche dégouline de graisses multiples, unies par la fondaison. Il mange lourdement, pareil à un molosse affamé. Manger est un verbe du premier groupe, mal utilisé dans le cas présent. Je te l'échange contre un autre, du deuxième, qui fait son infinitif en « ir » et son participe présent en « issant » et qui est le verbe « remplir ».

Un instant interloqués par sa capacité à engloutir, beaucoup à la fois et rapidement, nous différons le moment de raconter la mort tragique d'Elsa Braker à ces compagnons émérites.

Nous regardons disparaître le monticule de viande presque non mâchée. Un être doté d'une pareille voracité a quelque chose d'inatteignable. Ayant becté la bidoche, puis craqué les os, « il boit » pratiquement les haricots à même le plat, les considérant comme liquides après avoir ingéré des viandes si compactes.

Je crois déjà entendre le récital de l'artiste à l'heure de vérité des digestions laborieuses.

– Ça baigne? parvient-il à proférer.

– Non : ça flotte!

Et je leur sors le sale coup dont nous sommes victimes.

1. Long drink à base de tequila à laquelle on adjoint du jus de citron, de coco, de papaye ou autre. C'est agréable à boire et cela soûle avec dextérité.

– En bref, récapitulé-je, on rentre dans nos bercails.

– Dommage, se lamente Alexandre-Benoît ; la tortore d'ici est de mansuétude 5 sur l'échelle des riches terres !

César sirote une goulée de son breuvage.

– Je ne vois pas ce qui motive un retour précipité, assure le Bêlant.

– Et le combat cessa faute de combattants ! objecté-je.

Il sourit rond autour de son chalumeau.

– Exit la cavalière Elsa, mais il reste son correspondant de Manaus, mes amis, déclare cet être pertinent. Puisque nous avons pris la peine de venir au Brésil, allons au moins lui rendre visite !

« C'était bien dit à lui, j'approuve sa prudence », comme l'écrivait ce grand lâche de Jean de La Fontaine qui utilisait des animaux pour dire aux nantis ce qu'il avait sur la patate.

Sa motion est votée à l'unanimité des quatres membres en séance.

En route pour la capitale de l'Amazonas !

CHAPITRE XX

OBJECTIF : *but à atteindre.*

La rua Santa Chiasse est une artère très brève qui décrit un arc de cercle dans un coin plutôt résidentiel de Manaus. Par résidentiel, j'entends qu'il est habité en majorité par des Blancs et qu'il y a des jardins fleuris et des maisons fraîchement peintes. Ça sent le jasmin, l'une des odeurs de base de la parfumerie.

En déboulant de l'aéroport, je me suis précipité dans le bureau postal pour réclamer les noms des gens habitant cette voie bourgeoiso-équatoriale. Un annuaire à la mise à jour évasive me fournit vingt-huit blases qui, tous, sont à consonance ibérique. J'ai beau m'énucléer sur ma liste, aucun d'eux n'a pour initiales H.R. Certains comportent des « H », d'autres des « R », mais que tchi pour les deux lettres à la fois!

– Nous v'là gros cons comme devons, résume Béru, avec son sens du raccourci inimitable (heureusement).

On a frété un tacot jaune à bandes vertes qui ressemble à une grosse banane pas mûre et nous voici à l'orée de la rua, perplexes et transpirants.

– Si j' boirerais pas quéqu' chose d'humide dans les cinq broquilles, j' meurs! lamente Gradube.

Il a beau frimer les alentours, aucun bar n'égaie l'endroit. Soleil! Soleil! Ombres (rares) et lumière (à profusion), *that's all*!

Marie-Laure murmure :

– Tu veux me montrer la liste des propriétaires?

Je la lui tends, sans enthousiasme. Tous ces « Santos », et ces « Da Silva », ces « Aljubarrato », ces « Coimbra », ces « Pompal », ces « Covhila » et autres « Miranda » se parent d'un innocent mystère.

– Tu es à peu près certain que la personne à qui Elsa Braker venait rendre visite n'est pas brésilienne? me demande-t-elle.

Cette gosse a du mal à me tutoyer, malgré les rapports privilégiés que nous entretenons. Je suis trop son aîné pour qu'elle se sente à l'aise dans l'intimité du tutoiement.

– Évidemment. Manaus est une ville perdue au cœur de l'Amazonie, un endroit de rêve pour quelqu'un qui se cache.

– Tu penses à d'anciens nazis disparus, tel Martin Bormann?

– Je ne vais pas jusque-là. Tu sais, de nos jours, les criminels de guerre allemands sont en totale voie d'extinction, et ceux qui subsistent ne doivent plus guère avoir la force de coopérer à des manigances internationales.

– Tu parles de « quelqu'un qui se cache »?

– Il n'y a pas que des criminels politiques pour se planquer.

Le Mastard s'impatiente :

– Écoutez, les craques, j'ai l' crâne qu'est déjà cuit coque, si v' voudriez qu' je fissasse d' l'utile, attendez pas qu'y soive cuit dur!

– Dans un premier temps, nous allons passer en revue tous les noms portés sur les portes, voire les boîtes aux lettres, de ces maisons. L'homme que nous cherchons est peut-être sous-locataire. Marie-Laure et moi prenons les numéros pairs, vous deux, les impairs.

– Les impairs, ça me connaît, renaude l'Assoiffé. Si tu croives qu'y faille êt' deux pour r'noucher des blazes su' des plaques! La Pine suffirera; moive j' vas m'offrir le bout d'ombre d' c' palmier nain.

Et, délibérément, il s'assied sur le sol, le dos à un tronc étique.

Nous procédons à l'inspection que je souhaitais, épluchant chaque nom. J'espère tomber sur un blaze d'Europe, ou américain du Nord, et encore mieux arabe. Mais tous sont imperturbablement sud-amerloques.

Nous opérons notre jonction avec Pinuche, à l'extrémité de la rue Santa Chiasse. Il est aussi bredouille que nous. Sous le mahomed de l'équateur, il a la frime d'un Don Diègue qui vient d'encaisser la torgnole du comte et qui en dégueulerait sa vésicule.

– Tout cela est mal barré, soupire le cher Débris. Que faire? Du porte-à-porte et s'enquérir chez chaque habitant de la rue s'il connaît une nommée Elsa Braker?

– En désespoir de cause, il faut bien arriver à cela, conviens-je. Seulement comme je suis le seul de nous quatre à balbutier le portugais, je ne me vois pas encore sorti de l'auberge!

Lamentables, nous rejoignons le Gros. Il somnole dans un point d'ombre grand comme un mouchoir de poche.

– Vot' mec habite au 5, nous dit-il. Il est autrichien et s'appelle Friedrich Rauch. Le H, su' l' mot, ça veut dire *Herr*, comme « monsieur ». Bon Dieu! si j'aurais n' serait-il qu'une bière bien fraîche pou' m' décaper l'os de sèche! J' donnerais tout c' qu' v' s'avez dans vos fouilles cont' un demi sans faux col.

Je profite de ce qu'il a besoin de respirer pour en placer deux ou trois, très légitimés :

– Comment as-tu appris tout ça, Babylas?

– Du temps qu' v' traînassiez dans c't' rue, j'ai bavardé av'c un gonzier qui l'habite.

– Tu parles le portugais, maintenant?

– Moive non, mais luive cause l' suisse presqu' couramment, vu qu'il a z'été en poste, pour l' Brésil, à la bite de Genève [1]; or, le suisse, principal'ment l' suisse français, j' l' cause et l' lis dans l' tesquete.

– Et que s'est-il passé avec l'érudit diplomate?

– J'ai joué cart' su' étable; comme quoi, moive et mes amis, on r'cherchait un nœud ropéen qu'on connaissait s'l'ment ses initiales H.R. et qu'y créchait dans c't' rua, comme ils disent ici.

« Illico, le pégreleux a esclamé : « Voui, voui, jé vois cé qué vous voulates dire. C'est *Herr* Rauch qui habite au 5, dans la maison d'une veuve, la madame Louisa Maria de Heredia, nous jouons parfois aux échecs ensemble. »

Le Mastard ajoute, plus raisin que figue :

– La manière qu' c' mec en causait, ça m'étonnerait pas qu' l'Autrichechien s'embourbasse sa proprio.

Ma main reconnaissante se tend vers l'Obèse.

– Bravo! Messire, comme avec tous les simples d'esprit, la fortune t'arrive en dormant!

– C' t' un don, convient notre ami.

J'ordonne l'action et, déjà, me dirige vers la

1. Béru parle ici du Bureau International du Travail soit B.I.T. que, bien entendu, il a mémorisé sous le raccourci plus plaisant de bite.

demeure *number five* quand Marie-Laure intervient :

– Attendez ! J'ai une idée.

Comme jusque-là elle en a toujours eu d'excellentes, je m'arrête pour lui accorder l'oreille attentive qu'elle mérite.

– Vous allez pénétrer dans cette maison et vous y ferez quoi ?

– Ce qu'il faut, éludé-je-t-il.

– C'est-à-dire questionner le dénommé Rauch qui sera illico sur ses gardes et se taira ? Je doute que M. Bérurier puisse utiliser la manière forte dans ce quartier résidentiel d'un pays étranger.

Te dire que je l'approuve en secret serait gâcher du papier.

– Sans doute, admets-je, mais nous n'avons pas d'autres façons de procéder.

– Si !

– Laquelle ?

– Je me rends seule auprès du bonhomme, je prétends être une auxiliaire d'Elsa Braker qui devait la rejoindre ici ; je feins d'ignorer le crash de son avion et je vois venir. Je sais suffisamment de choses sur cette affaire pour assurer une prestation honorable, fie-toi à moi.

Lumineux ! m'exalté-je en l'entendant développer son plan. Voilà qui est chiément pensé, mais qui peut tourner à la cata. Cela s'appelle « se jeter dans la gueule du loup ».

– Vous rendez-vous compte du risque énorme que vous courrez, Marie-Laure ?

Elle fouille son réticule pour en extraire sa carte de presse.

– Gardez-la-moi, c'est le seul document qui pourrait se montrer compromettant, et encore, je peux très bien avoir cette carte comme couverture !

En quittant l'aéroport, j'ai remarqué un grand hôtel appelé *Brasilia Palace*, allez vous installer là-bas et attendez de mes nouvelles!

Bérurier a ses paupières, en forme de bénitiers, emplies de larmes.

– Tu m' permets d' t'embrasser, Mouch'ron?

Elle sourit.

– Bien sûr, Tonton.

L'accolade donnée, le Gros murmure :

– Elle a plus de couilles qu' bien des mecs, c'te perruche; tu sais qui est-ce ell' m' rappelle, Tonio?

– Oui, dis-je, je sais.

CHAPITRE XXI

MYCOLOGIE : *Étude scientifique des champignons.*

Nous prîmes une suite pour les trois afin de rester groupés. Comme je ne voulais pas m'éloigner du téléphone, je décidai de faire monter le repas dans l'appartement.

Bérurier objecta qu'il était inutile de demeurer à trois devant un combiné. Il n'y avait rien à redire. Ces choses-là sont affaire de bienélevance : tu les sens ou tu ne les sens pas. Comme il ne les « sentait pas » (mais il a d'autres qualités), je le laissis sortir et j'invita Pinaud à le suivre. Étant gentleman, il déclinit. Je le pris à part et insista pour qu'il accompagnît le Mammouth, prétendant que je serais plus tranquille de ne pas le lâcher seul dans cette ville du bout du monde. L'argument eut raison de ses louables réticences et ils partirent.

Je me fis monter une tortilla et de la bière, me mis en slip sous le filet d'air conditionné, insuffisant pour conjurer la tropicalité de l'endroit, et mangis sans appétit en visionnant un feuilleton brésilien aussi mauvais que ceux qu'on nous propose en France.

Je m'endormas, en même temps que le crépuscule, dans un fauteuil à bascule qui vous coince les pinceaux quand on se balance si l'on n'y prend garde.

Mes péones rentrèrent à une heure du matin, avec deux bitures et une pute. Les trois étaient aussi grosses les unes que l'autre.

L'homme Pinuche s'écroula en travers du canapé. Sur les instances de Bérurier, la pute entreprit de le sucer, mais son pénis, déjà d'un âge, se montra aussi insensible à cette fellation professionnelle que le président Mitterrand à une carte de vœux de Charles Pasqua.

Au bout d'un temps assez long, preuve du stoïcisme de la donzelle, Béru lui enjoignit de couper les circuits d'induction pour se consacrer à sa propre personne.

Lorsqu'il dégagea son braque géant de ses guenilles, j'assistis à la scène, toujours renouvelée, de l'effarement d'une femme se trouvant brusquement nez à nœud avec le chibre du siècle.

La personne pute qui se prénommait Maria-Colomba récria que, malgré son expérience et le nombre incalculable de mandrins qu'elle avait encaissés dans sa malle arrière, jamais elle ne saurait héberger un obusier d'un tel diamètre. Le Gros, par gestes éloquents, s'employa à la rassurer et à plaider l'extensibilité d'un frifri habitué à fonctionner. Mais l'effroi de la donzelle grimpait au fur et à mesure qu'elle palpait le goumi du maestro. On crut que toute transaction allait s'arrêter là, quand elle démontra qu'elle ne pouvait emboucher une pareille trompette, sans s'éclater les commissures des lèvres. Le Mastard, quand il est pété à outrance, ne cède à aucun argument. Dès lors la conversation gestuelle s'envenima. La péripatétipute s'enflamma et partit dans des injures dont la véhémence compensait l'absence de traduction. Au bout de peu, Alexandre-Benoît sortit de sa réserve, comme un Indien qui va acheter ses croissants du matin, et mit un taquet d'un quintal au menton de Maria-Colomba. Elle eut le regard en tissu écossais et partit à la renverse sur le lit où avait lieu la discussion.

Sa Majesté, en impossession de ses facultés, crut qu'elle lui cédait. Il débarrassa la grosse pétasse de sa culotte, laquelle devint une sorte d'enveloppe de ballon dirigeable dégonflé, emprunta l'huile figée de ma tortilla, l'utilisa pour s'oindre le panais et entreprit la visite du château. Certes, ce ne fut pas aisé et il dut marquer bien des temps morts, mais on n'escalade pas l'Everest d'une traite.

Son opiniâtreté fut récompensée et, soudain, ce monstre préhistorique poussa un cri de triomphe et se mit à investir les lieux à coups de reins guillerets, en récent acquéreur qui fait le tour du propriétaire. Quand la dame pute se remit de son k.-o., ce fut pour glousser d'aise et enfoncer ses ongles violets, longs de cinq centimètres dans le dargeot d'Alexandre-Benoît, gros comme le ballon de Guebwiller (1424 m).

La chose se mua rapidement en coït. Les deux protagonistes émirent, à tour de rôle d'abord, puis de concert, des bramées de forêts scandinaves, des barrissements de savanes africaines, des inarticulances d'hôtels de passes parisiens. Le rut est toujours noble, n'importe ceux qui en bénéficient, et le cri de jouissance d'une intellectuelle ne prend pas le pas sur le panard d'une servante d'auberge. Crier l'amour est le plus noble des chants. Aucune « Vibrante Marseillaise », nul « Grand Air de Lakmé » ne produit des sons comparables à ceux qu'exhalent des amants en train de dégorger leurs glandes australes.

La sonnerie du téléphone, selon mon estimation, dut correspondre au lâcher de ballons du Gros!

Elle chuchote si bas que j'ai le plus grand mal à l'entendre.

Je me saisis du bloc téléphonique et vais m'enfermer dans le dressing « agaçant » (Béru dixit).

– Je t'écoute?

– Je suis à la maison...

– Au 5?

– Oui, tout a bien fonctionné, il m'a crue dur comme fer. C'est un homme qui s'ennuie.

– Où est-il?

– Dans sa chambre, il dort.

– C'est quel genre?

– Bande à Bader, recherché par toutes les polices du monde : un vrai dur! Il ne devait pas avoir d'autres endroits où se terrer.

Un flash m'arrive, étourdissant de promptitude :

– Il t'a baisée?

– Oui.

Il me semble qu'un lance-flammes balaie ma poitrine. Immense désilluse. Pauvre con d'Antoine qui voudrait que toutes les gonzesses de la terre n'appartiennent qu'à lui! Il y a des moments où il se croit le seul détenteur de sperme de la planète.

Elle doit réaliser ce que j'éprouve car elle ajoute :

– Il le fallait, et ça n'a aucune importance.

– Bien sûr. Ensuite?

– J'ignore encore ce qu'Elsa apportait, mais ce doit être beaucoup plus important que le fusil et ses améliorations. A preuve : Friedrich a organisé une opération pour tenter de retrouver les décombres de l'avion. Il semble disposer de gros moyens. Je l'ai convaincu de m'emmener avec lui.

– Là, tu dépasses la cote d'alerte! Tu es complètement dingue. Tu sais ce que c'est que la forêt amazonienne?

– Vaguement; mais après, je le saurai pour de bon.

– Je te défends d'y aller, petite conne!

– Trop tard : nous partons après-demain.

– Vous y allez comment?

– Avec un petit zinc qui doit nous poser à Tupinerapa, la dernière piste d'atterrissage, sur la rive du Crocodilo, un affluent de l'Amazone. De là-bas, un hélicoptère nous attendra pour effectuer les repérages. Si nous retrouvons les débris de l'avion, nous reviendrons prendre des pisteurs indigènes et nous nous ferons déposer le plus près possible de la carcasse; il y a une grosse partie confiée au hasard dans ce plan désespéré.

– Et toi, tu arrives de la rédaction de *Libé*, en tenue de ville pour affronter les dangers de « l'Enfer Vert »! Je me fendrais la gueule si je ne claquais pas des dents! Vous ne partez pas de l'aéroport officiel, je suppose?

– Tu m'en demandes trop, Friedrich ne m'a pas remis le programme des excursions, comme le ferait une agence de voyages!

– Friedrich, soupiré-je. Tu l'appelles déjà par son prénom, tu me parles de ce type qu'on ne connaissait pas il y a quelques heures comme d'un vieil ami.

– Jaloux? ricane Marie-Laure!

– Va te faire mettre! dis-je.

Et je raccroche. Je suis sûr qu'elle va y aller.

Période d'abattement. Fin de nuit nauséeuse. La tortilla trop grasse me reste sur l'estom'; elle était juste bonne à huiler le zob de Béru pour des intromissions périlleuses.

Je roupille en pointillé, étant fréquemment interrompu par les pets de Monseigneur-le-Gros, gonflé de petits haricots perfides et pimentés.

J'émerge d'un tunnel enfumé pour répondre à la voix bêlante de César qui m'appelle.

– C' qu'y a?

Je soulève ma paupière droite, la moins lourde. C'est suffisant pour découvrir l'Ancêtre, nu sous sa liquette, assis dans un fauteuil, jambes écartées, avec sa petite banane du Pérou abandonnée sur un paquet de peau morte, grisâtre.

Agenouillée devant lui : Maria-Colomba (les deux Églises).

– Antoine, me fait notre sponsor, madame qui est l'urbanité même, se méprend sur mon érection matinale, sans grande signification je le crains, et me propose une pipe. Je ne me fais guère d'illusions, mais sait-on jamais? il se peut que sa tentative aboutisse, aussi veux-je mettre toutes les chances de mon côté. Pourrais-tu lui demander de se rincer la bouche à l'eau très chaude ce qui m'a toujours stimulé? Je souhaiterais également qu'elle me léchât le dessous des testicules en préalable, puis qu'en débutant sa fellation, avec une extrême lenteur, elle introduisît son médium dans mon rectum.

Je traduis scrupuleusement. La grosse pute m'écoute avec la gravité d'un parachutiste enregistrant les ultimes recommandations de son chef de commando avant d'entreprendre une dangereuse opération.

Pendant qu'elle se met à l'œuvre, je vais à la salle de bains pour pipi-douche-rasage.

Sous l'onde tiède, mon cerveau en ébullition cesse de faire de l'autoallumage. En moi, le calme succède à la tempête, dirait Shakespeare. J'adopte la forme de penser d'un expert-comptable penché sur un bilan de fin damné.

Lorsque je reviens dans la chambre, la brave gagneuse amazonienne expectore par la fenêtre des résidus pinulciens de qualité moyenne, voire inférieure.

Pinaud est rayonnant.

– Voilà une professionnelle qui connaît son métier, assure-t-il. Veux-tu l'essayer? C'est ma tournée!

– Pas pour l'instant, décliné-je. Tu me fais des présents vivants merveilleux, César, mais je préférerais que tu me prêtes cinq mille dollars, je te les rembourserai sur mon prochain bordereau de droits d'auteur.

Il a une particularité irremplaçable, Pinaud : c'est le seul homme qui soit ravi quand on lui demande de l'argent.

CHAPITRE XXII

OVNI : *engin volant d'origine mystérieuse, dont la nature n'est pas identifiée.*

Leur petit zinc crème et rouge se pose dans la trouée faite au cœur de l'univers sylvestre. Il roule en cahotant sur la piste inégale, vire et vient en se dandinant jusqu'à la petite construction de rondins et de tôle servant de tour de contrôle, d'aéroport et de buvette.

Un type en bermuda jaune canari, chemisette à manches courtes, descend les marches amovibles de l'avion et se retourne pour tendre la main à Marie-Laure. Ce mec, même vu de loin, m'est antipathique. La cinquantaine dépassée, trapu, courtaud, la crinière d'un blond pisseux qui commence à grisonner, une jambe raide dont il s'accommode mal et qu'il coltine comme un poids mort, tel se présente Friedrich Rauch.

Au côté de « la môme », il s'avance vers nous. Je me dis que j'ai été bien inspiré de prendre les devants et de fréter un coucou la veille pour rappliquer à Tupinerapa. Nous sommes équipés en broussards : pantalon et chemise léopard, mi-bottes, casquette à longue visière, fort coutelas à la ceinture dans une gaine de cuir. J'ai même déniché un revolver dont le canon est piqueté de rouille et dont j'ai pu démonter et huiler le mécanisme une partie de la nuit. Deux boîtes de cartouches complètent l'arsenal. L'arme déporte un peu à droite, mais le tir est facile à corriger quand tu le sais.

Nous ressemblons à des guerilléros, ainsi accoutrés. Pinuche est irrésistible! Sa petite tête de nœud déshydratée, sous la gapette guerrière, lui donne l'apparence d'un vieux général chinois en retraite.

Nous avons lié connaissance avec le pilote de l'hélico retenu par Rauch. Un baroudeur yankee dont le casier judiciaire ne pourrait sûrement pas être recopié totalement au dos d'un rouleau de papier peint. Il est affreux, cézigmuche, une balle lui ayant ravagé la gueule, fracassant une partie de sa mâchoire supérieure. Sur la gauche, y a un trou par lequel tu vois ce qui lui reste de chailles dans la clape. La cavité a, au fil du temps, déporté son visage d'autant qu'il lui manque une partie du nez. Jadis, on trouvait encore des anciens de la 14-18 avec des moignons de visage troués, brûlés, éclatés. On les appelait « des gueules cassées ». J'en ai connu dans notre famille du Dauphiné qui avaient laissé des morceaux d'eux-mêmes à Verdun ou au Chemin des Dames. M'man m'avait recommandé de ne pas les regarder, alors je m'efforçais de porter les yeux ailleurs; mais quand t'es petit garçon, je te mets au défi de pouvoir feindre l'indifférence dans ces cas-là!

Le gars Light, surnommé Shark (requin) parce qu'il a les ratiches en vitrine, j'échangerais pas son passé contre la nouvelle Ferrari! Des lueurs bizarres avivent son regard en double glave. Il est grand, les crins en brosse, avec une barbe d'un mois. De voir ses muscles, tu les sais en duralumin! Quand t'as des mots avec lui, il doit tout de suite avoir des gestes irrémédiables!

Il est arrivé il y a plus d'une plombe avec son hélico couleur feuilles de bananier et il s'est pointé au bar en faisant sonner ses semelles sur le goudron de la piste.

Sans perdre un instant, il s'est entrepris le mental à la tequila. Le maître du lieu, un Indien qui ressemble au prince Charles quand il sera septuagénaire, le connaît car il lui a laissé la boutanche. Et le pilote a commencé de la vider, calmos, sans précipitation excessive mais avec détermination.

Alors je me suis approché de lui :

« – Hello ! »

« – Hello ! »

Un Ricain, à partir du moment que tu lui as balancé ce mot magique, tu peux tout lui demander : sa religion, la couleur des soutien-nichabes de sa gonzesse, combien il ramasse de dollars par an et s'il a une, deux, ou trois couilles.

« – Vous êtes le gars engagé par Rauch ? » me suis-je enquis.

« – Exact. »

Il demandait rien. On parlait pour parler, n'importe quoi lui convenait. A compter du moment où t'es affublé d'une gueule pareillement endommagée, la vie, tu la laisses prendre de l'avance !

J'ai attaqué sec avec deux biftons de cent dollars. Ça ne déplaît jamais. Il a regardé les deux talbins sur le rade en bois mal équarri ; de la tenue, le gars, malgré sa tronche démolie de commando qui attaque à l'aube.

« – C'est à propos de quoi ? » il a fait, toujours sans griffer les talbins couleur de pâturages helvétiques.

« – Vous connaissez, Rauch ? »

« – Du tout. »

« – C'est un terroriste redoutable qui se planque au Brésil pour se faire oublier. »

« – Et alors ? C'est son problème. »

Lui, il s'en foutait. Travailler pour le docteur Petiot ou pour mère Thérésa, c'était du kif.

« – Quel accord avez-vous pris avec ce type? »

« – Vous êtes curieux. »

« – Supposez que j'aie de bonnes raisons de l'être? »

La réplique aurait pu le blesser, c'est pourquoi je l'ai proférée sur un ton mutin, en l'enveloppant d'un tel sourire enjôleur que Rudolph Valentino en aurait fait caca dans sa culotte.

Light – le Requin boit son verre et fait signe à l'Indien de lui refaire le plein du réservoir.

« – Je dois exécuter du repérage à base altitude dans la région du Tupinasek pour tenter de retrouver l'épave d'un avion de ligne. »

« – Et vous palpez combien pour cette épopée? »

« – C'est de l'inquisition? »

« – Le contraire, mec! Hein? Combien? »

« – Deux mille dollars, en tickets U.S. »

« – Je vous propose le double pour reprendre le contrat, payable d'avance. »

Il ne s'emballe pas. Il ignore la cupidité.

« – J'ai jamais blousé mes clients. »

« – Alors disons que je vous refile quatre mille points pour nous embarquer avec Rauch et la fille qui l'accompagnera. Votre coucou est à six places, non? »

« – Exact. »

« – Vous déclarez à Rauch que nous sommes les gars de votre équipe, spécialisés dans la forêt amazonienne, et que vous exigez que nous participiòns au voyage. »

« – Vous travaillez pour qui, Frenchy? »

« – J'ai confiance en vous, lui fais-je. Les vrais hommes, je les reconnais illico. »

Et je sors ma brème de Police.

Le mot lui va droit au cœur.

« – Peut-être n'aimez-vous pas les flics, Light, alors laissez-moi vous dire que j'en suis un pas comme les autres. Je travaille à ma guise : je suis mon seul maître après Dieu, O.K. ? »

Deux secondes plus tard, il enfouille dans la poche ventrale de sa combinaison, les quatre mille deux cents dollars posés entre nous.

« – Avec ça, on se sent moins seul, hé ? »

Il ne rigole pas ; faut dire qu'avec une moitié de bouche, c'est pas commode !

Donc, Rauch et Marie-Laure s'avancent, avec chacun un sac à dos de faible encombrement. La petite chérie porte une jupe-culotte, ce qui est très sexy ou très con, selon la dame. Pour elle, c'est très sexy. Histoire de compléter, un tee-shirt, et aux paturoches, des baskets. Godant, je te dis.

Je redoute sa réaction en nous apercevant, mais cette gonzesse est une vraie Jeanne d'Arc. Pas le moindre sourcillement.

Les trois bourdilles, nous nous sommes placés à l'autre bout du comptoir, comme des subordonnés soumis qui en ont rien à cirer des affaires de leur patron. L'esprit mercenaire, tu vois ?

Rauch avise « Le Requin » et s'approche de lui sans réprimer une grimace de dégoût.

– C'est vous, le pilote ? demande-t-il rudement.

Il parle anglais en gutturant. Voix métallique. Salaud qui s'est calcé la môme de but en blanc !

– Exact ! répond Light.

– Un accident d'hélico, votre gueule ?

– Non : une balle pour plomber les éléphants ; j'étais guide de chasse en Afrique et je faisais faire un safari à un fabricant de godasses du New Jersey qui se prenait pour Buffalo Bill !

– On peut partir rapidement?
– Tout est prêt, la fille est du voyage?
– Elle en est.
– C'est pas le survol de la baie de Rio que nous allons faire!
– La baie de Rio ne l'intéresserait pas.
– Ce que je vous en disais... Moi, j'ai mes garçons habituels.
Il nous désigne. Rauch paraît mécontent, le dit :
– Ce n'était pas prévu au programme!
– Mon équipe est toujours prévue au programme quand j'assume un boulot de ce genre, tranche le Requin. Vous imaginez comme on aurait l'air fin dans « l'Enfer Vert » avec votre souris si nous avions une panne?
– Votre oiseau n'est pas conforme?
– Si, monsieur Rauch, mais c'est la vie qui ne l'est pas toujours! Il faut tout prévoir. J'opère avec mes gars ou on annule.
– C'est quoi, ces gugus? grommelle Rauch en nous jetant un regard pareil à celui que tu réserves à la merde de chien dans laquelle tu viens de mettre le pied.
– Des durs : tous les trois canadiens! La forêt n'a pas de secrets pour eux!
Rauch hausse les épaules, vaincu par l'autorité de Light-le-Requin.
– Allons-y! fait-il rudement.
– Avec moi, on paie d'avance, répond le Requin sur le même thon.

L'hélico, de marque ricaine, est ventru comme un crapaud. Il comprend trois places à l'avant et trois à l'arrière, si j'ose dire.
Avant d'embarquer, j'ai une conversation brève mais efficace avec Bérurier, puis avec Light, et nous

nous installons dans la formation suivante : devant il y a le pilote, *of* corse, avec, à son côté Béru, puis Rauch. Derrière le pilote, Pinaud, Marie-Laure, et ma pomme dans le dos de Rauch.

Dans le « bar » de l'aéro-club, l'Autrichien et l'Américain ont examiné la carte de cette partie du pays. Rauch s'est muni du max de renseignements relatifs au point de chute de l'avion ; Light en a fait autant de son côté. Ils ont confronté leurs tuyaux et délimité au stabilo une zone de survol afin de bien circonscrire les recherches.

Et alors, bien, parfait, les pales font leur boulot, les moteurs ronflent *cool* et la mer de chlorophylle se met à moutonner au-dessous de nous.

Très accaparé par sa carte, Rauch n'en casse pas une broque. Le pilote non plus qui, de son côté, regarde fréquemment son plan de vol. Pinaud dort, Béru rote, Marie-Laure me caresse la cuisse en loucedé et ça me laisse de marbre (ce qui est un cas rare) [1] car « elle ne m'inspire plus ». De savoir qu'elle s'est laissé tirer par le bandit me coupe l'appétit. Cette chérie n'a qu'une idée dans son adorable tête : réussir. Pour y parvenir, elle fait n'importe quoi, y compris de mettre son adorable cul en location. Chez elle, le courage et la soumission ne sont pas antagonistes.

Bien que chargé à son maxi, l'hélico fonce au-dessus des arbres serrés. C'est superbe, une forêt, mais je préfère celle de Fontainebleau. Ici, elle terrorise, et encore on ne fait que la survoler. Je suis certain que si je me déplaçais entre les fûts, les lianes, les plantes follement exubérantes, je deviendrais tout de suite claustro.

On navigue une vingtaine de minutes au-dessus de la mer végétale. Le soleil paraît immense. Il est à la

1. Tu peux le rayer, celui-là : il est mauvais et je te l'ai déjà fait.

gauche de l'appareil, quand tu sors de la gare de Saint-André-le-Ga. Bien dans sa peau! Un œuf sur plat commis par une poule pas atrophiée de la bagouze.

– Bon, soupiré-je, je crois que ça peut aller.

Ça peut, car, avec un doigté de pitre-poker (dit Béru pour pickpocket), j'ai subtilisé le revolver que Rauch porte sur le bassin, dans un holster, et cisaillé de mon canif à la lame plus tranchante que la voix d'Alfred Rocard, sa ceinture de sécurité. Ensuite de quoi, toujours en artiste, j'ai déverrouillé la porte de son côté.

– *Do you* spique-t-il français? lui demande l'Homme au Gros Moignon qui, jusqu'alors, n'a pas moufté.

– Oui, pourquoi? demande le méchant.

– Bicot on a à causer. Mon pote, ici derrière, va vous poser des questions dont auxquelles il faudra qu'vous répondassiez.

Rauch, c'est le genre de super-aventurier toujours sur le qui-vive. En un éclair, il pige que ça ne carbure plus et porte la main à son composteur.

– Ne cherchez pas, fais-je en lui appuyant le canon sur la nuque, c'est moi qui l'ai. Paré? demandé-je au Gros.

– Pratiqu'ment, mec!

Il glisse sa main dans le dos de Friedrich Rauch et saisit sa ceinture de cuir.

– Ça joue! annonce-t-il.

On est vach'tement synchrones, le Big et moi. D'une secousse, je fais coulisser la porte et Bérurier flanque une grosse bourrade de cul à son voisin. Surpris, l'autre est soudain déséquilibré et le voici dans le vide, mais maintenu par la poigne de fer d'Alexandre-Benoît. Bien que dur à cuire, il gueule au charron, le charognard. D'autant plus qu'il souffre du vertige. Alors tu penses : suspendu dans le vide, à quatre cents mètres d'altitude avec, pour ultime « sécurité », une main de catcheur dans la culotte d'un zouave, c'est pas le panard!

Surpris, bien que je l'eusse averti qu'il y aurait probablement des attractions en vol, le Requin prévient, placide :

– Je crois qu'il n'a pas de parachute, les gars.

– Vous inquiétez pas, Light, c'est juste pour lui faire respirer le grand air.

– Oh! Alors, si c'est pour un traitement, soupire le Ricain, flegmatique, en continuant de piloter.

Je me penche au-dessus de Rauch. L'air, déjà frais à cette altitude me fouette le visage.

Comme il continue de brailler, je lui crie :

– Fermez votre putain de gueule, Rauch! J'ai une question à vous poser : une seule pour le moment, plus tard on verra... Vous me répondez, et si ce que vous dites me convient, mon collaborateur vous ramène sur votre tabouret. Sinon, on prolonge l'expérience. D'accord?

Il hurle un « Oui » comme je n'en ai jamais entendu. Un « Ouiiiiiiiiiii » plein de trouille, de sanglots, de colère, de gnagna, tout ça...

– Vous montez cette expédition pour retrouver ce qu'Elsa Braker vous apportait. C'est une action insensée, à la désespérée, dirais-je; pour oser l'entreprendre, il faut que l'enjeu soit d'importance. De quoi s'agit-il?

– D'un fusil lanceur d'ondes mortelles! répond-il. Remontez-moi!

L'Antonio, sais-tu pourquoi il est irremplaçable? Lapalissade : parce qu'il n'y en a qu'un! Je te prends cette occurrence : la réponse est plausible. Et moi, tu sais ce que je t'objecte, mec? Elle l'est trop! Trop plausible! Il a lâché le morcif avec une promptitude qui ne me dit rien qui vaille.

– Rauch ! je lui balance, en mettant mes paluches en cornet. Vous avez droit à une dernière réponse. Si elle est aussi bidon que la première, vous allez goûter aux joies du parachutisme sans parachute ! J'attends.

Alors, il est vaincu. Il a eu le courage, dans sa position catastrophique, de placer un baroud d'honneur en mentant, à présent, c'est l'escalade finale.

– Ça concerne un plan d'attaque éclair contre Israël par une coalition de plusieurs pays arabes.

– Pourquoi vous l'apportait-on à vous qui vous terrez en pleine Amazonie?

– Remontez-moi, je vous donnerai tous les détails. Vous l'avez promis !

– Exact, lui lancé-je. Remonte-le, Gros.

– Gigot ! gronde le Surpuissant, mais faudra qu' tu vas m'aider à l' maintiend' su' son siège pendant qu' j' lu rentrererai les guiboles ; av'c sa pattoune naze, y n' pourra pas « s'aider » tout seul. Oh, merde !

– Qu'y a-t-il ? m'enquiérs-je, car ses cent dix kilogrammes obstruent toute l'ouverture.

– Ça ! fait-il. V'là, ce qu'y a !

Il se retourne, soudain libéré, brandissant la ceinture de cuir fauve de Rauch, dont la boucle de laiton a cédé sous le poids de son maître. Je regarde par la vitre. Au-dessous, Friedrich choit en tournoyant, essayant de nager dans l'espace, parvenant à s'y déplacer, ce qui doit, quelque part, lui donner de l'espoir ; mais t'es au courant de l'attraction terrestre, hein ? Plus dure sera la chute ! L'hélico poursuivant sa marche, la fin de la trajectoire m'échappe.

Béru, pensif, se remet en posture de voyageur.

– Et Rauch ? demande le Requin.

– Il a raté une marche, répond Béru.

Marie-Laure se refuse à comprendre. Elle est livide, ses lèvres instantanément retroussées semblent être en cuir.

Elle ne peut que balbutier, en agitant la tête :

– Qu'est-ce qu'il y a ? Hein ? Qu'est-ce qu'il y a ?

– Tu es veuve ! lui dis-je avec pas mal de cynisme, je le reconnais.

Ah ! la jalousie, ce chancre de l'âme !

Light consulte son altimètre.

– Cent vingt pieds ! annonce-t-il. Avec l'épaisseur des frondaisons, il n'est pas certain qu'il soit mort.

– Il faut descendre ! dis-je.

Il a un ricanement que tu croirais Méphisto en train de faire l'S, dans *Faust*.

– Alors là, flic, vous me demandez l'impossible. Sur des kilomètres carrés, il est impossible de trouver un coin de la surface d'un billard pour poser.

Il puise des dragées de chewing-gum à la menthe dans une poche de son blouson et entreprend de ruminer, ce qui a toujours été l'occupation principale des vaches et des Américains.

Il y a des jours avec, et des jours sans.

Et puis des jours où la chance et la malchance font du porte-à-porte de concert, si bien que c'est tantôt l'une et tantôt l'autre qui se présentent.

Après ce sombre coup de buis du valdingue de Rauch, voilà l'embellie qui carillonne à la lourde de notre destin. Une plombe et demie de vol, et tout à coup, le pilote joue le mousse de Christophe Colombo. Le môme de la caravelle gueulait « Terre ! Terre ! ». Le Requin, lui, se contente de déclarer, très sobre :

– Là-bas : droit devant !

Leurs calculs, aux deux durs, c'était pas la grotte de Bic ! Un spectacle étonnant comme une peinture de Roland Cat ! Dans la sylve cathédralesque, une trouée noire. Érigée dans ladite, un monument d'aluminium argenté, très haut et portant les couleurs de la Varig !

L'hélico fonce vers l'endroit, comme un moustique vers le cul d'une rombière qui fait dorer sa cellulite.

On survole, on tourne autour. On avise des sièges d'avion disloqués, des bagages dispersés, des vêtements accrochés aux arbres.

– *Well!* s'écrie Light, tout joyce. En s'écrasant et en prenant feu, le *jet* nous a aménagé une chouette piste d'atterrissage!

Il faut pas grand-chose pour lui faire plaisir, cézig.

CHAPITRE XXIII

LIGE : *étroitement obligé envers son seigneur.*

Il se pose avec la grâce d'une feuille morte arachnéanisée par l'été. Un as du pilotage, le Requin. Qu'à peine son zinc dodeline un chouïa avant de trouver son sol.

Dès qu'on ouvre, des odeurs pas bandantes nous agressent : odeur de matières synthétiques brûlées, de chairs grillées, de viande en pleine putréfaction, de kérosène répandu.

Le spectacle qui nous est offert touche à l'horreur (je devrais écrire « confine » à l'horreur, ça ferait davantage littéraire). Malgré son grand courage, Marie-Laure se masque les yeux, ce qui constitue un arrangement très provisoire avec sa sensibilité.

Light me dit en désignant les décombres pêle-mêle, ruines du zinc, des fauteuils, des bagages :

– Vous voyez ça, flic ? D'ici deux mois, tout aura disparu : la forêt aura tout happé, tout digéré ; déjà les cadavres ont été anéantis, n'existent plus. Eh bien, les plantes s'empareront du reste ; elles le tordront, comme un boa entortille sa proie en s'enroulant après. Rien n'est plus expéditif que la nature. Rien de plus implacable.

Il me désigne les vestiges.

– Vous espérez retrouver quelque chose dans cette décharge calcinée?

A vrai dire, je n'espère plus rien, devant la réalité des faits. Je fais une moue plus que dubitative.

– Ce que vous comptiez découvrir se serait trouvé où? poursuit l'Implacable, avec sa bouche en vitrine qui fait un peu penser à la catastrophe ambiante.

– Je n'en sais trop rien.

– Sur un passager, dans des bagages?

– Je l'ignore sincèrement.

– Écoutez, flic, faut pas rêver. Ce que je vais vous dire, je l'avais dit au mec qui a raté la marche, tout à l'heure. Quand un *jet* explose, il se disloque, et ce qu'il contient en personnes ou en bagages valdingue dans la nature et se trouve disséminé sur des dizaines de kilomètres carrés. Vous imaginez ces semailles dans l'Amazonie, mon vieux? Un cadavre par-ci, une valise par-là, engloutis sans les frondaisons et devenus « inaccessibles ». Je répète : inaccessibles! Il y aurait eu le pape ou la reine Elizabeth à bord qu'on renoncerait à récupérer leurs corps. On peut draguer la mer, pas la forêt!

« Et ce con de Rauch qui s'obstinait, qui assurait que c'était important et que si ça ne marchait pas cette fois, il entreprendrait une autre expédition plus tard! Et puis vous, le directeur de la Police, hein? J'ai bien lu? Il est directeur de la Police et il croit qu'il va récupérer un je-ne-sais-quoi, alors qu'il serait impossible de récupérer l'avion, même s'il était intact. Merde, ce que j'aurai pu rencontrer comme jobastres dans ma garce de vie! Bon, eh bien, maintenant, mettez-vous au boulot, camarades, je vous attends là. Et faites bien attention où vous mettez les pieds et les mains parce qu'il y a toutes sortes de serpents : des gros, des petits, des très venimeux, des inoffensifs. »

Et puis voilà qu'il ferme sa gueule (si j'ose dire, puisqu'elle est trouée). Il regarde par-dessus mon épaule. Je me retourne et aperçois, agenouillée devant une Samsonite disloquée, une fille d'origine probablement indienne, malingre, jaunasse, des cheveux longs emmêlés, vêtue d'une robe du soir garnie de perles.

Elle se tient sur le qui-vive, prête à détaler.

– Ne faites pas un geste! m'enjoint Light. Il faut que je cache ma pauvre gueule, sinon elle va avoir peur et s'enfuir.

Il se détourne et se met à proférer quelques sons chantants. Ceux-ci ne semblent pas amadouer l'adolescente mais, du moins, ne l'effarouchent-ils pas. La môme n'est pas un prix de beauté, même catégorie « sauvageonne ». Elle est affligée d'un bec-de-lièvre qui l'apparente vaguement au Requin et de vilaines plaques d'eczéma constellent sa frite de points de desquamation consécutifs à une exfoliation de son épiderme sous forme de squames, comme me l'expliquait l'autre jour un éboueur arabe qui en souffrait.

– Que fait-elle? m'interroge Light.

– Rien : elle regarde votre hélico.

– Elle nous prend pour des Martiens. Dites à la fille qui vous accompagne de lui murmurer « Kéramok bistrak », à plusieurs reprises en s'avançant lentement vers elle.

– J'ai entendu, déclare Marie-Laure qui se trouvait près de nous.

Elle sourit et répète « Kéramok bistrak, kéramok bistrak ». Mieux, elle marche en tendant les bras à la petite.

– Ça veut dire quoi, « Kéramok bistrak »? demandé-je au Requin dans un souffle.

– *Je suis ton ami!* C'est un dialecte des environs du Tupinasek. Du diable si j'en connais vingt mots!

– C'est pas pour donner une conférence, Light. Nous suivons le développement de la mission « d'apprivoisement » de la jeune journaliste. Elle reste indécise. Quand elle approche l'Indienne de trop près, celle-ci recule avec un air affolé.

– Je sais! fait soudain Light.

– Quoi?

– C'est votre copine, la petite Frenchie?

– Plus ou moins, oui.

– Alors faites-lui l'amour et tout ira bien. Les Indiens d'Amazonie sont sensibles à l'acte et fraternisent avec les êtres qui ont une étreinte. Je me rappelle qu'un jour, deux de mes compagnons d'armes qui s'étaient perdus et se trouvaient cernés par des Indiens belliqueux, ont dû se sodomiser pour convaincre la tribu de leurs bonnes intentions.

– Mon Dieu, fais-je, je suis plutôt du genre intellectuel; je ne trouve pas que les conditions soient réunies pour copuler dans ces décombres et devant plusieurs spectateurs.

A cet instant, un grand cri modulé retentit au sein de la forêt.

– Un oiseau? demandé-je.

– Mon cul! rétorque le baroudeur. Un homme!

Comme il disait, la fille indienne émet un cri de réponse assez semblable au premier.

– Grouillez-vous de baiser, mon vieux, me presse le Requin; il va arriver du monde!

– Plus vous m'exhortez, plus je me sens incapable de faire l'amour séance tenante, quand bien même toutes nos vies seraient en cause.

Notre conciliabule a attiré mes deux copains qui s'informent.

– Cassez-vous pas l' cigare, tranche Béru, j' t' la tire, moive, ta p'tite brancadière; par procureration, naturliche, faut pas qu' tu vas t' méprend' su' mes intentions!

Marie-Laure, qui a suivi ces démêlés particuliers, a une attitude pleine d'abnégation. Elle se déshabille entièrement, étale ses fringues pour en faire une vague couvrante et attend le supplice du pal!

– C'est de la folie! m'écrié-je. Tu ne connais pas les dimensions de Bérurier: il va t'éventrer, ce sagouin.

Béru a tombé son bermuda de brousse de même que son slip, et déjà son zob est en tenue d'apparat, à son volume maximal, le casque luisant, la grosse veine bleue saillante comme un plant de vieux lierre, ses bourses poilues parées pour les grandes semailles.

– Ça va être du carnage! prophétisé-je.

– Fais-toi pas d' souci, rassure Alexandre-Benoît. J' sus certaine qu' ta p'tite miss va m'enfourner Popaul comme s'il s'rait une courgette-fleur; pas vrai, ma gosse? J' vous commence par un brouti-brouta, manière d' bien vous disposer la moniche? L'huil' d' langue, y a qu' ça d' vrai pour la plongée du cuirassier!

Et il se met à pratiquer ce qu'il promet. La chose dure dix minutes au moins. La gamine eczémateuse sort du couvert des arbres et s'approche pour admirer. Elle ne pige pas cette pratique que Christophe Colomb n'avait pas emmenée dans ses bagages, mais se dit qu'elle ne doit pas manquer d'agrément à en juger aux cris pâmadeurs de la jolic demoiselle.

Là-dessus, un second personnage amazonien débouche. Un petit bonhomme à cheveux longs et huileux. Il porte un képi de commandant de bord de la Varig, agrémenté d'une plume de condor. On ne voit pas ses yeux car, outre le fait qu'ils sont plissés par sa race, il doit être complètement myope.

Il arrive au moment que le Gravos cesse de brouter Mlle Pontamousson pour lui carrer son missile bite-chatte dans la cuisinière à gaz.

Sur le moment, quand on considère cette frêle jeune fille et le paf du monstre, on se dit qu'un tel accouplement est inenvisageable. Mais les complaisances de la nature sont illimitées. L'énorme raton-laveur s'évertue, force, ahane, conjure, exhorte. Il donne du meulier par assauts raisonnables. Parfois, se crache dans les mains pour aller lubrifier les endolorades. Mais il PROGRESSE! Victoire patiente, l'obstination paie. Sa partenaire accepte avec une abnégation à toute épreuve l'emménagement d'un locataire aussi disproportionné.

Et enfin, le miracle s'accomplit. Car c'est à l'entrée du tunnel que résident les difficultés. Comme on dit : « quand la tête est passée, le reste suit ». Une fois engagés les premiers centimètres, les trente-cinq suivants défilent l'arme à la bretelle sur l'air de *Sambre et Meuse*. La Miss connaît alors un bonheur sans mélange (d'ailleurs tu voudrais le mélanger avec quoi?).

La chagatte en délire, elle hurle de sauvage plaisir.

– C'est une sacrée jouisseuse, hein? me fait le pilote. On ne dirait pas, à la voir.

A la fin de la super-étreinte, et tandis que la bienheureuse et archicomblée Marie-Laure demeure inanimée sur le sol, le vieil Indien, tenant la fille par la main, s'avance en exécutant des courbettes soumises. Tiens, la sauvageonne a un pied bot, je ne l'avais pas encore remarqué. Ils vont tous deux jusqu'à Béru, se prosternent devant son auguste bite qui continue de faire le cou de tortue à ressort car, si le Mastard trique vite, sa débandaison est d'une infinie lenteur. Le vieux à la plume de condor profère des syllabes qui ne doivent pas manquer d'intérêt une fois traduites.

– Vous comprenez ce qu'il baragouine, Light?

– Il fait l'offrande de sa fille au gros lard ; il faut qu'il l'astique, sinon il sera vexé.

Je traduis à Béru.

L'étalon de service prend la chose du bon côté.

– Jockey, fait-il. Deux-trois flatt'ries sur' la croup' à Mistress Bibite et elle' r'part pour un tour. Par exemp' faut pas qu'é comptasse qu' j'y groume l' corninche ; j'aime qu'une craquette aye du goût, mais d' là à c' que ça se mange, j'ai trop d' délicaterie pour !

Son second exploit n'en n'est pas un authentique puisque, dès le début de sa prise en charge, Alexandre-Benoît s'exclame :

– Dites, les mecs, y a des zéléphants dans la Mazonie ? Paceuq' vu la fente d' c' petit ange, si c' s'rait pas un néléphant qui l'a déberlinguée, c't'un trépan pou' le forage pétroleur. J' rent' n'en elle comme n'en un moulin !

Et le Courageux se remet à la tâche, pas feignant des glandes, pour la plus grande joie du père indien qui nous témoigne sa reconnaissance par mille démonstrations fraternelles.

Lorsque celles-ci se calment, je demande au Requin de questionner le digne homme à propos de l'accident d'avion. Commence alors entre eux une longue et cahotique conversation, entrecoupée de gestes et d'onomatopées. Au bout d'un temps, l'Indien fait signe à l'hélicopteur de le suivre et il l'entraîne dans la forêt, en un point d'où il lui désigne quelque chose qui ressemble à un gros nid, dans les branchages d'un fromager gruyérien. En y regardant attentivement, on se rend compte qu'il s'agit d'un siège d'avion. Le Requin, malgré son impavidité habituelle, émet des exclamations qui font songer aux cris des oiseaux de mer en train de suivre le sillage d'un paquebot de ligne pour finir les reliefs de foie gras, de cœurs de saumon, de filets au poivre, de pommes allumettes, de homards thermidor, de selles d'agneau, de ris de veau clamart, de blanquette à l'ancienne, de caviar, de poire belle-hélène et autres denrées à haute teneur calorique.

– Quel est le résultat de votre converse, et qu'est-ce qui motive votre surprise si fortement exprimée, Light?

Le Requin me résume :

– Une nuit, l'Indien qui habite à une centaine de volées de flèches d'ici, a entendu le crash de l'avion. Au matin, l'incendie persistait encore et une colonne de fumée montait de la forêt. Escorté par sa fille, la gentille Tringlée-de-printemps, il est venu sur les lieux de la catastrophe. Quelle fut sa stupeur en entendant des gémissements et en découvrant une passagère encore vivante dans le feuillage de l'arbre géant. La femme s'était payé un valdingue de dix mille mètres, attachée dans son fauteuil. Cette effarante chute avait été amortie par les ramures si denses du fromager et elle avait échappé à l'asphyxie de l'altitude. Sacrée constitution!

« Aidé de la petite Tringlée-de-printemps qui est souple comme une guenon, il a réussi à aller chercher la miraculée dans les branches. Ensuite, ils ont confectionné un brancard de fortune [1] pour que le père et la fille puissent emmener la blessée chez eux... Ses fractures ne se comptent pas : les bras, les jambes, tout est brisé. Il a confectionné des attelles pour les réduire; il a mis sur tout son corps, qui n'est qu'une plaie, un onguent inventé il y a lurette par sa vieille tante Chandelle-soufflée. La femme n'a pas encore repris connaissance, du moins pas vraiment car, par moments, elle prononce des mots, lui semble-t-il. »

1. C'est l'expression consacrée.

Et ma pomme, d'apprendre cela, me voici soudain transporté par une certitude inouïse. Avec violence, avec âpreté, mon subconscient me crie que cette rescapée de l'impossible, comme ne manqueraient pas de titrer mes chers copains de *Paris Match* ne peut être qu'Elsa Braker. Cela paraît *too much*. Insensé!

Mais la preuve par l'absurde, je vais te la catapulter plein cadre : « Aurais-je écrit tout ce qui précède s'il s'était agi de quelqu'un d'autre? »

CHAPITRE XXIV

CONCLUSION : *partie qui termine un discours, un écrit.*

Light voulait rester auprès de son appareil pendant que nous accompagnerions l'Indien et sa péteuse. Légitime décision. Mais je m'y suis opposé.

– Inacceptable, vieux. Supposez que l'envie vous prenne de rentrer au bercail sans nous; nos existences seraient condamnées car jamais nous ne pourrions rallier seuls la civilisation.

Il a hoché la tête :

– Pour qui me prenez-vous, flic?

– Pour un homme, Light, juste pour un homme. L'enjeu est trop dramatiquement important pour que je vous fasse confiance.

– O.K.! alors rentrons immédiatement et vous reviendrez ici avec quelqu'un d'autre.

– Avec quelqu'un d'autre, je ne serais pas certain de retrouver l'endroit.

Comme souvent, c'est le père Pinuche qui a solutionné le problo.

– Cher monsieur le pilote, a-t-il attaqué, nous sommes entre gens de bonne compagnie, alors ne nous noyons pas en discussions stériles. Voilà ce qui va se passer. Je vais vous remettre cinq mille dollars, vous fermerez votre appareil à clé et conserverez cette dernière par-devers vous. Moi, j'attendrai votre retour en surveillant l'appareil et tout le monde sera content !

Plus que l'appât du gain, c'est le ton du Débris qui l'a conquis. J'ai encore jamais entendu parler le bon Dieu et j'espère bien que ça m'arrivera un jour, mais je suis convaincu qu'Il doit avoir la voix de Pinuche, l'Extrême.

Le Requin a souri avec son trou au milieu de la face :

– *O.K. ! Old Man !*

Il a enfouillé sa soudure et on est partis en queue leu leu dans « l'Enfer vert ».

***

Chez M. Condor-miro, c'était pas le *Royal Monceau,* mais une hutte plutôt austère, avec des grabats, une cheminée de fortune, des bidons vides servant de casseroles et puis je crois bien que voilà tout.

Sur le pas de la gentilhommière, deux femmes attendaient le retour du maître : Chandelle-soufflée, sa vieille tante centenaire, et Cul-démoli, sa femme légitime, ainsi nommée depuis qu'un silure vorace lui avait bourré le cul (au sens malpropre du terme) lors d'une baignade mal inspirée.

Ces dames étaient moches comme dans des cauchemars consécutifs à une visite de l'exposition Jérôme Bosch ou à une indigestion de morue frite recouverte de parmesan fondu [1].

Condor-miro a parlé. Elle se sont levées et nous ont roulé des pelles à gâteau de force 5 sur l'échelle des pompiers de la caserne Champerret. Comme on se trouvait en rade de bouffement, on n'a pas dégueulé, mais ça nous a néanmoins tarabusté les reliquats.

1. Je sais de quoi je parle.

Enfin, nous avons pénétré dans la case de l'oncle Tom Awack, et j'ai eu la presque certitude, en découvrant Elsa, que le ciel m'avait à la chouette.

Quelle trajectoire insensée! Quelle formidable obstination! Ah! sois un peu fier de toi, modeste San-Antonio! Toujours si effacé et si rarement à l'honneur!

Oui, elle est là, la terroriste germaine. Piteux état, je déclare: une tuméfaction générale, les chairs bleuies ou carrément ensanglantées, les cheveux arrachés sur tout un côté de la tête, le nez gros comme la plus grosse truffe de mon ami Lasserre et complètement noir, les rétines sanglantes [1], les membres visiblement mal rafistolés par le pauvre Condor qui, non seulement est indien, mais, de plus, miraud comme deux taupes.

J'ai dit à mes compagnons de m'attendre à l'extérieur (en fait, c'est la présence de Marie-Laure que je redoute: elle est journaliste, or je vais peut-être apprendre des choses d'une importance exceptionnelle) et je viens m'asseoir en tailleur au bord de sa paillasse.

Je commence sur le mode mineur:

– Comment vous sentez-vous, Elsa?

No réponse. Aucune réaction.

Je n'ose la toucher car elle est brisée ou à vif des pieds à la tête. Bordel à fesses! Je l'ai enfin retrouvée, la salope! Elle est là, contre moi. Il faut qu'elle me livre ses secrets! J'ai un *book* à terminer, moi! N'ai pas parcouru cette distance, encouru ces dangers, juste pour la regarder dans son rôle passif de « A chaque aube je meurs »!

– Elsa, coassé-je, tant j'ai de sanglots désespérés coincés entre la luette et le voile du palais, Elsa je

1. Il est préférable d'avoir des rétines sanglantes plutôt qu'un vit sans gland.

viens vous parler de Hans! Vous vous rappelez Hans Scheunburger, votre compagnon?

Toujours le silence et l'inertie. Et voilà que je me mets à me botter moralement le cul. Je lui parle en français à cette femme presque totalement inconsciente. Quand on est dans son état, si votre cerveau peut encore capter des mots, ceux-ci doivent être prononcés dans votre langue originelle, non? Je recommence à jacter, mais dans celle de Goethe:

– *Frau Elsa...*

Et là, crois-moi ou cours te faire sodomiser par un cheval de la bourre, il y a une sorte de réaction dans la région des prunelles. Me fais-je une idée?

– Je viens vous parler de ce cher Hans, répété-je. Hans Scheunburger. Hans! Hans!

Une paupière se soulève, puis deux.

– Vous m'entendez? Si oui, refermez les yeux.

Elle referme les yeux. Ô Seigneur, que d'infinie reconnaissance! Vous les aurez vos cinquante *Pater*! Et même j'irai à Lourdes à pince. Et une fois arrivé là-bas, je m'occuperai des grands malades: les plongerai dans l'eau miraculeuse, les laverai, leur lécherai les doigts de pieds, l'oignon même si ça peut les soulager.

– Elsa, vous vous rappelez Paris?

Je tiens ma dextre sur son front relativement intact, comme pour capter les pensées qui peuvent lui venir et même, suprême prouesse mentale, celles qu'elle a eues «avant» l'accident.

Ça m'arrive d'entrer en transe Hermance, tu le sais? M'arrive de vadrouiller dans une espèce de quatrième dimension, à la recherche de vérités qui, quand elles furent, me passèrent sous le nez.

Je «reconstitue» par un simple effort de concentration, ce que j'ignore. Je m'exprime encore en boche moderne, et en style télégraphique, ce qui m'arrange:

– Hans et vous, agents internationaux travailliez pour les Arbis. Récemment, vous réussissez un coup super-magistral : vous vous emparez d'un plan d'intervention imminente contre Israël. Malheureusement (pour vous), il y a eu un grain de sable quelque part et vos copains arabes se sont lancés à vos trousses afin de récupérer le précieux document. Vous vous dépêchez alors d'entrer en contact avec le gouvernement israélien pour négocier avec lui la vente de ce document capital. Mais les Juifs ne sont pas des enfants de chœur. Informés de l'existence d'un tel plan, ils comptent l'obtenir sans tractations financières, leur service de renseignements étant un des premiers du monde. Si bien que vous voilà, Hans et vous avec une double armada aux trousses.

Je m'interromps, croyant percevoir un mot.

Il s'agit d'une seule syllabe qu'elle a exhalée dans un soupir : « Hans ». Cela peut passer pour une plainte, un gémissement inconscient.

Je poursuis mon auto-récit, ce résumé de l'affaire que j'invente au fil de mon imagination, m'appuyant sur la sagacité de mon sub et les infos dont je dispose ; ainsi l'araignée se déplace-t-elle sur le fil qu'elle sécrète.

– A Paris, vous meniez une autre affaire, plus classique. Avec la complicité d'Antonin Pétsek vous vous étiez approprié le terrible fusil à ondes du professeur Raspek qui venait d'en augmenter encore l'efficacité. Étant l'ami intime du physicien, ce vol ne fut pas difficile au journaliste tchèque, seulement il convenait d'éliminer le savant avant qu'il n'ait découvert le forfait, sinon les doutes se seraient aussitôt portés sur Pétsek. Qu'à cela ne tienne : le trio organise le guet-apens chez *Marius et Jeanette* où le prix Nobel, gourmand de fruits de mer comme tous les continentaux, doit dîner. On choisit pour mirador l'appartement du colonel Casimir Lemercier, on l'investit et, pour supprimer un témoin fâcheux, on décide de le noyer dans sa baignoire afin de donner à croire qu'il a eu un malaise cardiaque.

« A cet instant, on sonne : c'est la vieille gardienne de l'immeuble qu'on dénommait “ concierge ” naguère, avant de lui donner un jour le titre mérité de “ souveraine d'immeuble ”. Comme ce sont des étrangers qui l'accueillent (et la cueillent), mamie Cerbère se trouble, prend peur, veut battre en retraite. Deux bonnes tartes dans la gueule et elle s'affale : des hommes sont en bas dans la rue qui ont prié la vioque de visiter chaque appartement pour voir dans lequel se tenait un trio composé de deux hommes et une femme. Vous avez alors pigé que c'était scié pour vous, Elsa, et lui avez demandé comment sortir de l'immeuble sans repasser par le porche. Elle vous a indiqué une petite porte située dans les combles, et qui communique avec une terrasse. En remerciement, vous la tuez et la cachez dans le lit. »

Je me penche sur la blessée : elle ne m'entend plus. Elle est dans une inconscience comateuse qui ne me dit qui vaille. D'ailleurs qu'est-ce qui vaut d'être dit ?

Seulement, il est lancé, Sana. Il a besoin de dérouler sa bobine jusqu'au bout. Plus de spectateur ? Soit : il attendra seul la fin du film, l'apôtre !

Où en suis-je-t-il ?

– Oh ! *yes* : la vieille bignole trucidée. Ils reviennent dans la salle de bains et, sais-je quoi ? Le colon, mal noyé qui a ôté un carreau au-dessus de la baignoire et qui appelle à l'aide par l'ouverture. Ce vieux salingue (la plupart des vieux retraités le deviennent) avait trouvé cette astuce, de connivence avec sa voisine pétassière, pour la mater à travers le mur. Elle lui exécutait tout un cinoche cochon qu'il flashait au Polaroïd pour, ensuite, égayer ses soirées veuvardes.

« Du reste, le cher homme s'est constitué un mignon album à feuilleter d'une main!

« A cet instant, tout va très vite pour Hans et Elsa. Leurs minutes sont comptées. Le colon mort, Scheunburger passe au salon et, parce que Pétsek, effaré par ces deux assassinats et terrifié par la présence « des autres », en bas de l'immeuble, prétend déclarer forfait, il l'étrangle. Et de trois! Puis il s'empare du fusil à retardement et praline le père Raspek, tout prix Nobel qu'il fût et qui mourra plus tard, d'une soi-disant crise cardiaque.

« Ce faisant, il m'aperçoit. Tu penses que des hyperchampions du crime comme lui connaissent leurs classiques. Santantonio en fait partie. L'idée lui vient alors de m'appeler. Ce qu'il veut, c'est créer une opération de diversion par rapport à l'équipe arabe ou israélienne qui les cerne. Il se dit que, intrigué, je vais mouler mes clams et ma maman et me mettre à « cornifler » dans le secteur. Seulement il se trouve que je ne vais réagir que plus tard, dans la soirée. Le destin...

« Pendant que Hans opère dans l'appartement, Elsa se rend chez les voisins. Elle a les photos compromettantes prises par Lemercier et qui dévoilent l'intimité la plus excavatrice de Madame. Chantage. La jolie Nathalie est embringuée de force dans la sale aventure. Pour désendolorir sa conscience, Elsa lui remet un paquet de talbins puis, devant l'imminence des périls, lui enjoint de planquer le fameux plan, objet de tout ce bignz. De la sorte, s'ils se font pincer, son Hans et elle, ils auront une monnaie d'échange pour négocier leurs peaux.

« Redoutant pour la sienne, la Masturbeaux marche à mort dans la combine, allant même jusqu'à accrocher un écriteau sur la porte de la loge de la pauvre Mme Macahuète qui était si gentille, avec ses chats et ses varices.

« Là, il lui a fallu du cran pour agir sans être retapissée par les gros méchants qui guettaient, à la sortie de la maison. »

Tiens, je m'aperçois que, depuis un bon moment, je reparle en français. C'est terrible la langue maternelle : elle t'habite pour toujours.

– Vous m'entendez, Elsa ? C'est Hans qui te parle. Hans ! Hans ! Ton grand amour.

Un chuchotis indistinct, mais qui contient le mot « amour » en allemand, je te parie ma burne gauche : celle qui est plus basse que l'autre parce que plus lourde.

– Vous avez quitté les lieux par les toits, en abandonnant volontairement le fusil. Sacrifice utile, car il allait désorienter et la Police française et vos poursuivants du Moyen-Orient, concentrer les recherches sur la piste Pétsek.

« Vous aviez rendez-vous le lendemain avec Séminal Tabriz au *Relais-château du Val Fleuri* pour lui livrer l'arme. Comme il devait vous remettre pas mal de blé, vous lui avez téléphoné pour l'informer qu'un empêchement momentané différerait sa remise mais que vous alliez lui donner le suractiveur, pièce maîtresse de l'engin.

« Tabriz a été le prendre mais a « oublié » de vous laisser le blé. Chef du réseau secret des Arbis en Europe, il était au courant de votre trahison. Je gage qu'un commando avait été dépêché au *Val Fleuri*, seulement il n'a pu que repartir en découvrant que la police cernait l'endroit. »

Ça pue vilain dans cette case ! Il faut une sacrée santé pour pouvoir exister dans un tel gourbi dénuementiel.

– Vous êtes une femme extraordinaire, Elsa. Vous avez réussi après l'échauffourée de l'hostellerie à récupérer vos putains de documents chez les Masturbeaux, à les tuer et à prendre vos avions ! Manque de pot, le second s'est crashé. Un coup de vos ex-amis arabes, je suppose ? Ils ont des « ramifications » un peu partout, et il est plus aisé de piéger un coucou des lignes intérieures brésiliennes qu'un *jet* intercontinental...

« Mais Satan veille sur vous, puisque vous n'êtes pas morte. A ma connaissance, il n'y a qu'un cas de survie comparable. Ça s'est passé au cours de la dernière guerre. Un aviateur anglais ou ricain, je ne me souviens plus très bien, qui a sauté sans parachute de son avion embrasé au-dessus des Alpes bavaroises et que la neige a sauvé. Maintenant, il ne nous reste plus qu'à me dire où sont les documents ? »

Fermé !

Je redis en teuton, mutisme !

Du temps passe. J'élève mon âme pour demander l'aide de « ceux d'en haut » : papa, grand-mère, Marie ». Une telle odyssée !

Et résultat ballepeau.

Je cherche une ruse pour niquer son subconscient. Une fois encore j'emploie l'allemand, prends une voix enrouée par l'amour, prétends être Hans, tout ça... Reviens à la charge, encore, encore, encore, comme on s'obstine à faire la respiration artificielle à quelqu'un qui a déjanté. Je bisotte un coin de son cou imblessé. Caresse sa chatte. Amour ! Hans ! Je t'aime ! Où est *THE* document ?

La réponse vient enfin, sèche et sûrement vraie :

– Perdu !

J'en chialerais.

Seulement le Requin survient, grand, hideux, mécontent.

– Dites, flic, ça commence à bien faire! Je n'ai pas envie de passer la nuit près des décombres du zinc. Si vous ne rappliquez pas dare-dare, moi je file!

– O.K., je viens.

Il examine Elsa d'un œil ennuyé.

– Pas brillante, hein? Vous savez ce que vieux dégueulasse d'Indien vient de me raconter? Qu'il la baise! Une bonne femme à l'agonie! Faut avoir une queue d'acier, non? Il paraît qu'au début il n'y parvenait pas : il a cru qu'elle était « barrée ». En réalité, il s'est aperçu qu'elle avait une capsule métallique dans la chatte!

Cette fois, je chancelle. Faut pouvoir assumer des émotions de cette ampleur!

Et ce bougre de vilain d'ajouter :

– La capsule, ça doit-être ce putain d'étui à cigare que le Condor-de-mes-deux a suspendu au plafond, vous ne croyez pas?

– Si, je crois!

CHAPITRE XXV

ULTIME : *dernier, final.*

Le ministre est assis à son burlingue, les mains croisées. Il a l'air d'un gros bulldog qui fait semblant d'être méchant.

Il me dit, avec un accent qui balance des bouffées d'ail :

– Môssieur le directeur, je vous félicite. Son Excellence l'ambassadeur d'Israël va arriver dans vingt minutes pour joindre ses compliments aux miens ; il paraît qu'on parle de donner votre nom à une rue de Tel-Aviv !

Il ricane :

– La gloire, non ?

Je sens du persiflage à travers l'aïl.

– Les honneurs ne sont que des hochets, répliqué-je.

Le ministre reprend, de sa voix lourde et martelée qui fait penser à un égoutier en train de se déplacer, bottes aux pieds, dans les profondeurs rateuses de Paris :

– Dites-moi, mon cher, qu'est-ce qui vous a valu votre promotion comme directeur ?

Non, mais il m'attaque, gnafron !

Je lui souris :

– L'homme étant imbu de lui-même, je m'imaginais que je la devais à mes seuls mérites, monsieur le ministre. Mais si elle vous semble injustifiée, je tiens ma démission à votre proposition.

Il hoche son groin pour « Guignol's de Canal + ».

– Ne prenez pas la mouche, mon cher; vous le savez, j'ai mon franc-parler.

– Qui donc l'ignorerait, monsieur le ministre?

Il branle sa forte tête et une expression ricaneuse éclaire d'une fausse joie son lourd visage de bûcheron de la politique.

– Le président de la République aurait des faiblesses pour vous, crois-je savoir?

– Tous les monarques ont de l'indulgence pour les bouffons.

– Parce que vous en êtes un?

– Disons que ma désinvolture peut le faire croire.

– Môssieur San-Antonio, savez-vous que vous n'êtes pas à votre place, actuellement?

– Je me le dis parfois, conviens-je.

– Et savez-vous pourquoi? Parce que vos mérites dont vous venez de parler sont trop grands. Vous êtes un homme d'action, mon cher, et vous le prouvez abondamment; un héros moderne, sans cesse en train de guerroyer, et dont le cul n'est pas à sa place dans un fauteuil pivotant. Bayard n'aurait pas pu être Richelieu, ni Richelieu Bayard!

– Conclusion, je démissionne?

– Conclusion je vous décharge de vos actuelles fonctions pour vous en confier d'autres qui conviendront bien mieux à votre tempérament.

– Intéressant. Et de quoi s'agit-il, monsieur le minsitre?

– De fonder un corps de police d'élite.

– Parallèle? Comme l'était le S.A.C.? réagis-je. Une section spéciale placée sous votre contrôle et qui fonctionnerait avec des fonds secrets? Une légion romaine prête à toutes les actions occultes? Non, merci, monsieur le ministre!

– Ce que vous êtes soupe au lait, monsieur San-Antonio! Et comme vous avez une piètre opinion de moi. Il n'y a rien de secret dans mon projet, rien de « parallèle » comme vous le dites et je vous fous mon billet qu'il aura l'approbation de votre cher président.

– Mon président est également le vôtre, monsieur le ministre.

– Mais oui, mais oui, mais bien sûr. Ce que je veux fonder c'est une vaste brigade que vous dirigeriez. Elle ne s'occuperait que des « cas » particuliers, du genre de celui que vous venez de régler. Elle échapperait à la pesanteur administrative, jouirait de prérogatives particulières. L'époque est terriblement dangereuse, monsieur San-Antonio, elle a besoin d'une force de frappe capable d'intervenir vite sans se perdre dans les « boutiqueries » habituelles. Vous êtes l'homme d'une telle réalisation.

– Il faut que je réfléchisse.

– Naturellement. Prenez tout votre temps et donnez-moi votre réponse ce soir, au cours d'un dîner discret dans un endroit qui le sera aussi.

Diable de bonhomme. Il y a en lui une détermination, une volonté sans compromis que je reconnais.

– D'accord.

– Parfait : on ne va pas se livrer à une lutte de bras de fer pour vous faire accepter la chose dont vous avez toujours rêvé en secret, mon cher ami.

Il éclate d'un rire de marchand de bestiaux venant d'acheter à bas prix tous les bourrins de la garde républicaine.

– Donnez-moi un conseil, mon bon; qui prendre pour vous succéder?

– Celui qui m'a précédé, monsieur le ministre; il était idéal pour tenir ce poste.

– Mais il est à la retraite!
– Il ne demande probablement qu'à rempiler.
– Il est vieux! objecte encore le ministre.
Je hausse les épaules:
– Sans doute, mais il ne demande qu'à rajeunir!

Achevé d'imprimer en août 1993
sur les presses de l'Imprimerie Bussière
à Saint-Amand (Cher)

N° d'impression : 1956.
Dépôt légal : septembre 1993.

Imprimé en France